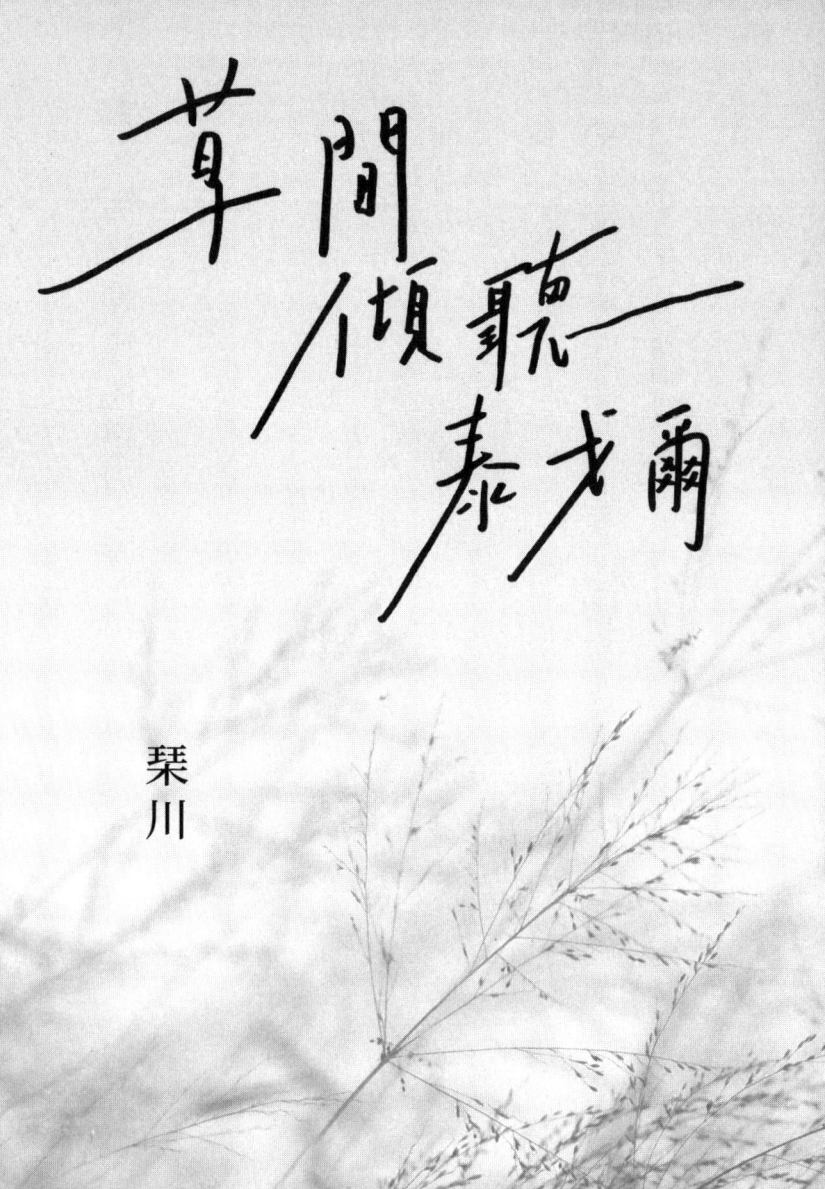

草間傾聽泰戈爾

琹川

推薦序

深情款款，卻又理性通達

◎李瑞騰（國立中央大學人文藝術中心主任）

琹川主要是一位詩人，她也寫散文、小說，此外也愛攝影、作畫和插花等藝術。從她以風、雨、雲、玫瑰、花、藍草等自然界名詞爲她的諸多作品集命名，可知她熱愛自然，確切來說是山林。二〇一四年春，她到苗栗南庄的獅山覓地建屋，開始她新的生活；其實在此之前，因在新北任教，閒時她往來新店花園新城，那也是座落於山間的畫室，雖有山景，卻只能在陽台上植栽花草。到獅山以後，十年來，她過著眞正的山居生活，《草間傾聽泰戈爾》散文集即是她新生活的印記。

書中收錄四十五篇山居生活散文，除其中一篇〈後山的可可農夫〉稍長，約有四千字，其餘篇章皆小品，我雖無一一核對，但許多篇章都挺熟悉的，應該是《人間福報》「山村生活」專欄文章。整體來看，是一種持續的主題寫作，像有計畫，卻又不盡然，因爲時有隨性之作。大體來說，以「山村」爲場域的書寫，從耳聞目見間萌生的觸動，發而爲文，既要考慮題材的多樣性，避免重複；又要注意某些現象的發展，關切其衍變性。我甚至猜測，結集之際可能還有通讀的動作，以確保不同時間書寫之差異與統一。

作者以「山村」稱其所居之地，從寫作來說，這是環境書寫，主要是在時間的流動過程中，屬於季節的、晨昏的、晴雨的，各種變異，以及動植生存與環境對應的調適等，其目之所遇、耳之所聞，乃至主體的經驗與諸多感受等，具現於文字的驅遣中，乃成就了這冊豐饒富庶的山村散文專集。

說到山，我不免想起那見仁見智的山靜水動之說，其實是很難二分的。看似平靜的山，風吹葉動、虎嘯猿啼，哪有一刻寧靜？只是，山之高也，容易讓人聯想諸如形象、地位、人格之崇高；但卻也無法避免山路崎嶇而登山難，空間阻隔而頻思念。

人之於山（自然），原本同體共生，最終卻因價值觀變異而走上征服與破壞，這是天地的大不幸，人類的大遺憾。但人們還是要走上山、走下山，因此我們只能呼喚一種敬山愛山的人文精神，重建一種和諧互動的倫理關係。其訴求無非就是「相看兩不厭，只有敬亭山」（李白〈獨坐敬亭山〉，敬亭山在安徽宣城縣北十里），就是「我見青山多嫵媚，料青山、見我應如是」（辛棄疾〈賀新郎〉），就是「斧斤」如果非得「入山林」，一定要「以時」（《孟子．梁惠王上》）。是的，「時」是一切的根本，應天順時是王道，登一座人文的山，即登山「以時」。

琹川懂得這些道理的，「村」正是人之所聚，在那海拔將近五百公尺高的地方，除一門之內，我與外子、姊姊、兒女等，溫暖互動；前地主張先生、鄰居C、虎媽、吳老師夫婦、思母的鄰居、有一片曇花石牆的鄰居等等，有時分享食物，談的大部分是經驗，也共同面對山居的問題，譬如山上的貓來貓去，特別是又懷孕了的烏妞，和暴斃的山羌等。

可以感覺出琹川不是一個遺世隱遁者，她只是選擇了一個適性宜居之所，眼前景會勾起她的回憶，有兒時鄉居的情景，挖鋤蕃薯，等父親騎野狼機車來載；有從新營到嘉義就讀，放學回家途中嘉南平原的落日；有從前教書，學生撲落飛進課室的蝴蝶，並把牠踩死，身爲人師藉機進行生態教育的過去等等，都有深深的憶念。

琹川是一位出身中文系的退休國文教師，她的山居生活寫作，順手捻來常是文學典故，〈櫻花樹下的野牡丹〉中引沈復《浮生六記》之〈兒時記趣〉；〈初冬的後花園〉引席慕蓉詩〈一棵開花的樹〉；〈記取人間美好時節〉引李白〈把酒問月〉；〈山芙蓉與孔雀青蛺蝶〉末尾以弘一法師「悲欣交集」作結；接著的〈飛花盡處且獨行〉引陳慧劍《弘一大師傳》中〈永訣〉一章，談弘一大師與妻誠子之永訣；〈桐月隨筆〉引聶魯達詩；〈後山的可可農夫〉引陶潛〈歸園田居〉；〈天芳夜曇〉引明代李昌祺《剪燈餘話》；〈草間傾聽泰戈爾〉引泰戈爾詩句；〈帶著陽光色澤的種子〉引梭羅《湖濱散記》；〈流雲花影的時間盛器〉引當代女詩人朶思的〈影子〉；

〈我的開心小菜圃〉引陳之藩說的「謝天」；〈櫻花山莊的虎媽〉引陶潛〈桃花源記〉說村人之盛情款待。甚至於以自己的詩作和眼前景象相印證（〈流雲花影的時間盛器〉中「缽之華」之題畫詩、〈飛翔的種子之謎〉中的〈獅山初夏〉）。

引陶潛、沈復，田園和浮生可喻示琹川生命情調的抉擇。梭羅在季節更替中的簡樸生活，當是琹川之所嚮往，而「散記」，想來更是她之所願。至於泰戈爾「生如夏花之燦麗，死如秋葉之靜美」，從拔草體會「草葉下其實是一個生態豐富的世界」，以喻生命至高的境地，她選擇用這篇名「草間傾聽泰戈爾」來當書名，不難看出她的生活趣味，以及企盼。

琹川告訴我們，生活中處處是修行，她心境澄明，努力探求更高的境地。這些散文，亦可稱之爲「散記」，是極具田園風味的生活紀錄，深刻敍寫山林之衆生相，動植皆文，栞川以其豐富的知識，在生態散文的寫作上，交出一張燦麗成績單；我尤其特喜貫串全書的「親愛的T」，深情款款，卻又理性通達，讀者可能會想探究「T」是誰，我卻視爲作者對自身的呼喚。

目次

人間明信片

親愛的T：

那些以花朵串成的日子，在每一扇窗，每一道門，每一雙凝望的眼中，總讓陽光照得透亮，我把詩寫在漂泊的雲箋上，寫在碧藍如水的晴空裡。

但親愛的T，我並沒有忘記追尋，我知道流水悄悄帶走了凋落的花影，抹去了雲的足跡，激昂的歌聲隨著拍不動的蟬翼跌落樹底……

在我繁花的心湖，只見到花瓣如蝶一片片飛離，而我什麼也留不住。

親愛的T，我不是在抱怨，也無權抱怨，畢竟一路走來，大致順遂，只是深知生活中的種種美好終究不能久留啊！

在這夏季颱風如候鳥訪臨的島上，我收拾著一地碎落的盆瓦殘瓣，叵測的風雲從來不曾遠離，總是以某種啟示不斷提醒著我們。拉開陽台邊桌的抽屜，曾見一張受潮的稿紙上，記不得何年何月寫的兩行字：「如是詭譎，那浩瀚中的須臾變化，我能否心存感恩，領受這一切！」

花開到花落這樣的一條路上，親愛的T，我仍踽踽獨行，爲了探尋眞相，必須醒覺。駐足於貝多樹的林間，舉首眺望，只聽得颯颯的風聲搖動天際。

不知何時，我開始以一種旁觀的角度觀看自己，觀看這個世界，彷彿與你一起坐在伸向空中的枝枒上，俯看人間噪鬧的煙塵燈火，看到忘我時，似乎就天長地久了——

自然之書

清晨燦耀的陽光俯臨大地，白雲如帶橫在藍天與峰巒之間。昨日下了大半天的雨，一早悶壞的鳥族如解放的孩童，群聚在樹林裡吱吱喳喳興奮地競飆高音，那聲浪瞬間淹沒了我的耳渦。而好天氣大冠鷲是絕不會錯過的，展開雙翼悠然自在地上下盤旋——親愛的T，此時我多希望是那翱翔天地之中的大冠鷲啊！如此逍遙朗闊，一副紅塵是非不到我的灑脫，以自己的節奏悠緩地御風而行，興來時發出幾聲高亢的長嘯。

山村的日子，總喜歡在上午整理花園，隨著季節進場的草花大多已凋逝無蹤，幾次經驗之後，我開始學習土地的哲學，人爲的刻意總是不長久，唯有順應自然，適者生存。比如去年種下的夏堇，開過花後即不見蹤影，冬去春來，到了初夏竟發現遍地冒出了小夏堇，紅、白、紫、橘、粉等各種花色都有，無需吹毫之力，我的花園就無邊旖旎了。

那銅屬的弓急急拉動季節的弦，在我午夢的樹梢，聽得出入秋的蟬兒有點慌了，任務未完成此生終究無義，這是極嚴峻的考驗。遊走山野最能體會動植物的生命循環，雖各有天命，卻皆孜孜矻矻地依著時序完成，即使因著人爲造成的氣候遷變，寒熱失調災難頻生，它們仍然默默地承受，堅強刻苦地求生，以完成代代相承的使命。

親愛的T，你將我帶到秋日的河岸，看著水紋流過額頭眼尾，我席地而坐，彷彿與大地之母的臍帶重又接上，打開眼前的書頁，日月星辰向我眨眼，吹過林間的風在我耳畔哼著搖籃曲；山川草木，蟲魚鳥獸……在翻頁之間一一浮現。

季節鞦韆

一排楓樹於寒風穿梭中，落葉紛紛，覆滿了台階、露台、園子以及四野。每每掃淨之後風吹又落，有時乾脆不掃了，靜看那色彩繽紛，隨風飄旋的葉子，如何恣意地揮灑一地詩情。

舉首仰望，發現綴著寥落楓紅的裸枝上，也散懸著些許淺褐色的翅果。啊！親愛的T，我彷彿透過你清澈的目光，看到春天新綠下綻出的素雅小花簇，到了夏天結出了淺綠翅果，當秋風吹起如翅膀般的果實便乘風滑翔；如今暮冬將盡，仍依依掛在枝上的翅果想必熟透了，正在等待春風嗎？以便將種子帶向遠方……

此時山村的梅花冒著嚴冬最先綻放，雪白花朵吐露傲骨的芬芳；緊接著櫻花恍如一夜之間也醒了，一朵朵一簇簇一樹樹渲染開來，那美麗的紅頰迎著冰冷的雨珠，格外地清麗動人；於是桃花、李花、杏花、茶花等也不甘落後，紛紛報到，白的皎潔出塵，粉的清新脫俗，紅的端莊雅麗。親愛的T，我看到你被風吹開的厚重外衣一角，露出了的錦繡青衫。

花都競相盛放了，蝴蝶還等在春天裡，倒是一大群可愛嬌小的綠繡眼，一身秋香羽色靈巧穿飛於花叢間，如淘氣兒吆喝著，整群飛落櫻花林裡吸食心愛的花蜜，又高高飛上楓樹裸枝間嬉耍，然後一陣落葉般散入了另一片李白桃紅，像一條季節的動線，從葉落到花開來回擺盪，而「唧～～唧～～」的叫聲聽起來像「吉利～～吉利～～」，那興奮喧鬧的熱勁兒直讓人誤以爲春天已經到了呢！

親愛的T，我的心也乘著那一條季節交替的動線，盪著鞦韆，用力地伸直雙腳，試圖盪入不知處的雲深，尋找最初那一朵純淨的微笑，在你僕僕風塵之前——

櫻木花道

自一月紅豔的緋寒櫻紛紛站上枝頭高歌之後，嚴冬裡顯得蕭瑟的山村便開始熱鬧起來，彷如節慶一般，所有的櫻花從夢裡被喚醒，一一著上美麗的新裝參與盛會。在二月和煦的陽光催引下八重櫻也翩然赴約，旋舞著綺美的大蓬裙；多風的三月，粉紅清麗的富士櫻帶著甜甜的笑優雅地加入；只見靈巧的綠繡眼穿梭在櫻花樹間，興奮地彈跳春日輕快的音符。這樣的時節，我喜歡沿著山村的小路漫遊，看兩旁櫻花飄落，將小路染紅，山村人家不約而同幾乎戶戶庭園及門前都栽種了櫻樹，此時正繽紛地實現了主人山居美夢。人間如此靜好，走著走著，親愛的T，我不知不覺竟隨著一朵花跌入你衣襟深深的摺痕裡——

莫名地想起了一個自稱是櫻木花道的男孩，他的身形黑瘦矯健，有一半原住民血統的俊美面容上，閃動著一雙深亮的眼睛；他總愛在考卷姓名處瀟灑地塡上「櫻木花道」，當然這不是他的本名，卻是漫畫裡孩子們崇慕的灌籃高手。他年少輕狂、愛耍帥，抗拒權威，常常上課上到一半突然一聲巨響，全班隨之哄堂大笑，因爲愛坐兩腳椅的他不小心又跌個四腳朝天了。他蠢動不安的靈魂隨時伺機發洩，大小惹的禍不勝枚舉，總是見他母親憂心忡忡地出現在校園，面對狂飆躁動的孩子她付出了極大的耐心與苦心。孩子並非無感，幾次懇談下也見他濕了眼擦著淚，只是一轉身嘻笑怒罵故我，猶如一匹脫韁的野馬。三年級下學期他轉學到中部，幾個月後他打了電話給我，原來他沒繼續升學，在一家水電行當學徒，我心想一枝草一點露，只要不變壞、肯學習，就讓孩子選擇自己的路去走吧！因此電話中我說了許多鼓勵他的話，他也很開心地接受。不意多年之後，在路上遇到了當年的學生，卻驚聞男孩已因一場車禍而走了。

或許生命的走向從來就不可測，當無常降臨時誰也無法可躲。我走在櫻木花道上，想起自稱櫻木花道的男孩，猶似眼前那隨風飄落的櫻花，如此燦美卻又如此短暫。親愛的T，你終於忍不住對著陷入憂傷的我說：「花總是要落的，只是早或晚而已。」悲傷的淚水就留給昨日，花開花落，我們要珍惜當下的美好，我想起了塔莎杜朵老奶奶。林間傳來白耳畫眉高亮的歌聲，輕輕踩過落英鋪路的花毯，驀然發現一棵普賢象櫻已立在三月的末梢，笑盈盈地正準備隨風擁舞四月，好為爛縵的櫻花季跳最後一支圓舞曲。

大地有情

往年母親節前後正是油桐花盛開的季節，孩子們會撿拾雪白的花朵，在地上或車蓋上排綴出一個大大的愛心來慶祝，似乎已成了一種儀式。今年油桐花早開了半個多月，五月初，山頭上的雪已融化得只剩一些殘影了，幸好螢火蟲依舊滿山閃爍，綠精靈般飄遊在山村寧謐的夜裡，掌著燈引領追尋的眼睛穿越時光，回到童年純眞的綠草地。

親愛的T，一切繁華總如是輕易飄落，但背後似乎有某種甜蜜正悄悄地醞釀著，我看到春天派遣的仙女散花之後，抬頭驚喜地發現綠葉間綴滿了翡翠珍寶瓔珞，李子、梅子、桃子、桑葚等等，粉綠、玉紅、晶紫……

還有珍珠般光瑩的櫻花樹果子，走在山路上沿途採摘黑亮的櫻花果吃，帶點酸澀卻鮮美的滋味在齒頰間蔓延，偶爾停下腳步趣看鄰家夫婦扶著梯子正尋採院子裡熟透的水蜜桃。原來花兒凋謝是爲了孕育，爲了歌頌豐饒大地美麗之子。

除了交換果實心得之外，近日山村更傳言著烏妞的喜事。我想起去年九月，當時山上多雨，牠不知從何冒出來的，一身黑，兩汪鵝黃中轉動的黑眼珠格外醒目；牠於傍晚出現，被淋濕的身子顯得瘦弱可憐，見到我便一溜煙鑽到露台下，不一會兒又探出頭來，喵喵地叫著，我也學牠喵喵地說：「你餓了嗎？」牠跟著喵喵地回答我：「我餓壞了。」我們喵來喵去對話了一會兒，我遂入屋去找吃的東西，山上吃素，牠只得入境隨俗了，我找出了地瓜酥，不確定牠會不會吃，大概眞餓壞了牠竟然肯吃。女兒又拿出杏仁海苔片，牠馬上轉攻海苔片，我又烤了一片胚芽堅果吐司撕成小碎塊給牠，牠吃得津津有味。飽餐之後，便滿足地蹲在露台上忍不住打起盹來了，一副把這兒當自家似的，也不怕我們。

從此我喚牠「烏妞」，牠似乎知道我何時在家，何時離開，總適時地潛進我的園子。大地養的野生貓咪，堅強而敏感，牠不接受親手餵食，也躲避撫摸關愛，不喜人間情感牽扯，個性獨立，來去自如，當牠突然出現眼前，喵喵喚了幾聲，我便也喵喵回牠幾聲，這遂成了我們之間的一種默契。

有一陣子，我沒見到牠的蹤影，再看到牠時已是冬季十二月了，覺得牠長大了許多，不復過去的瘦小稚嫩，之後又消失了好些時日，直到四月初於鄰家院子聚餐才又見著牠，主人放了一塊蛋糕給牠，牠聞了聞卻不爲所動，正惋惜浪費了，我忍不住撿起蛋糕撕成小塊，牠竟湊過來吃了，似乎這舉動讓牠想起了什麼。黃昏時我在屋裡竟突然聽到烏妞在門口喵喵地叫著，我趕緊烤一塊吐司撕給牠吃，這次牠異乎尋常有點撒嬌地要我親手餵牠呢！後來有人發現烏妞當媽媽了，生了三隻極可愛的小貓咪，於是山村居民似乎也感染了那份喜氣，紛紛報告牠們母子的行蹤，他們說烏妞是隻極盡職的母貓，因此母親節還特地給牠加了菜呢！

啊！親愛的T，深具智慧如你，對這一切定是了然於心，不管植物或動物都是大地的子民，依著時序生長、開花及結果，如是生生不息地繁衍。天地之大美，因爲這些自然中化育的美麗孩子，因爲萬物背後無以言喻的關愛，因爲彼此良善地相對待——

櫻花樹下的野牡丹

每天清晨，眠在樹下的女孩兒們，睜開眼睛伸了伸懶腰，輕輕展開美麗的粉色花裙，淡雅的芬芳散入風中，清麗的臉龐如詩如夢。她們穿梭在樹間與陽光細語，依時赴約迎我以嫣然的淺笑……

當初在整理斜坡櫻樹林下的雜草時，見野牡丹花色雅致遂刻意留下，之後每年五月繼油桐花之後，她們彷彿報恩似的，總以最燦爛的笑靨掩映於林間，不宣揚也不弄姿，只是安靜地等待驚喜發現的知音，安靜地守著一方淨土自開自落。

雖然被稱爲野牡丹，卻與牡丹非親非故，因而花容自是不同，牡丹雍容華貴，野牡丹則清新脫俗，流露出台灣原生種的山野靈氣。野牡丹花的造型設計簡單而貼心，由五枚大花瓣組成花冠，雄蕊有兩型，五長五短，長型的雄蕊構造頗爲特殊，分成兩節，末節上彎如勾，彷彿專爲來訪者特別準備的座椅，禮遇浪漫婚禮的進行；短型雄蕊淺黃，花絲上有鮮黃花藥；雌蕊花柱紫紅，柱頭深綠置身於其間。清朝沈復的《浮生六記》其中〈兒時記趣〉有言：「見藐小微物，必細查其紋理，故時有物外之趣。」當我興味盎然地仔細欣賞觀察時，心中不免讚歎天地生育萬物，其創造之初背後的那一份美意。

其實另外也有一種野牡丹屬外來種，花期長且花色豔紫，原產於巴西，故又稱爲巴西野牡丹或紫牡丹，一般出現在花市的卽是此品種。台灣野牡丹又名山石榴、野石榴、九螺仔花、王不留行、不留行等，園子裡我也栽種了紫牡丹，但每年夏季，仍偏愛那一片粉桃清新無爭的野牡丹。

親愛的T，在噪鬧的蟬嘶中，在炎炎的夏日裡，盛開於櫻花樹下的野牡丹，總是一派地寧靜與清涼，我特別喜歡她「不留行」的別名，彷彿是個隱喻，時時提醒著我。年年來訪又年年離去的美麗邂逅，曾經的動人交集終是無法挽留的雲，原來清雅可人的花兒是時空的旅者，我們又何嘗不是？夏季之後我將目送美麗的倩影走向你直至消隱無蹤，而你自遠方捎來的風箋，總是不著一字，只有如你眼神般深澈如水的藍空。

蝴蝶說法

每年春夏之交，兩側露台上便密密麻麻地布滿了黑色小顆粒，起初以爲是樹上落下的種子，但露台兩旁是高大的青楓及肖楠，青楓的種子爲翅果，難道是肖楠？我心裡一直存著疑惑，後來鄰居來訪看了，說是毛毛蟲的排遺，我才恍然大悟。原來雌蝶通常會將卵產在葉子下面，以防止天敵及日曬雨淋，等幼蟲孵化，葉子正好成了牠們的食物。

於是大自然裡開始進行一場無聲無息的啃食，日以繼夜，彷彿大軍侵臨，幾乎所有的綠葉無一倖免，首先是毛毛蟲最愛的玫瑰葉子一掃而空，剛長出的小幼苗隔天就無蹤了，準備綻放的台灣野百合花苞被吃掉了一半，之後驚訝地發現整棵櫻花樹葉集體消失，成了一棵害羞的裸樹，連水中大片的荷葉版圖也被沿著邊緣蠶食……我臨風佇立，望著夏日鬱綠的峰巒，耳畔彷彿聽到千萬大軍不斷啃食的聲浪，自四面八方湧來將我淹沒——

葉子被吃光了還會再長出青鮮的新葉，所有的犧牲都是一種相互的完成；而努力掙脫蛹的蝴蝶，舉翅的剎那世界頓時靜止，對著陽光下那璀璨的翩飛，發出一聲長長的驚歎與祝福！

記得之前教書的學校靠近山邊，有次上課中一隻白色小粉蝶悠然地飛入教室，數十雙眼睛再也無法專心上課，直溜溜地隨著牠轉，我望著外面蔚藍的晴空，陽光耀眼，眼前這隻輕巧翩躚的白粉蝶，精靈般帶給我一種莫名的感動。突然啪一聲，我嚇了一跳回過神來，只見蝴蝶已被坐在後面一位大個子男生用課本撲落，並一腳踩死了，有幾個調皮的男生正想藉機起鬨，看到我的臉色又縮回，其他同學嘴角仍忍不住露出一抹微笑，對孩子來說這只是課堂上突發的一樁趣事。於是我把課本闔起來望著他們說：「不知同學們有沒有想過，能坐在這裡讀書是一件多麼幸福的事，也許這隻蝴蝶正羨慕你們，牠也很想跟你們一樣能讀書學習呢！而那麼多間教室，牠卻飛進了我們的教室，或許牠覺得同學們都很和善，所以毫無戒備地親近我們；現在請各位閉起眼睛來，想像一下你是那隻蝴蝶，或者把自己縮小，面對的是一個可以將你捏在手掌心的大巨人，正在追捕你，一腳就可以輕易踩死你，那時你的心情會是如何呢？……」我看著同學慢慢低下頭來，此時下課鐘聲正好響起，教室一片靜寂，我默默拿起課本走了出去。

自此不再見到孩子們有如此粗暴的行徑，當然山邊的教室，上課時還是會有蝴蝶或胡蜂等昆蟲闖入，但孩子們都知道不可以殺生（至少在我面前），若影響到上課時，他們會用紙張或課本小心翼翼地請闖入者離開。

在往後的時光裡，有時我會想起那隻小粉蝶，彷彿牠犧牲了自己，藉著我教會孩子們尊重生命，愛護動物以及對自然環境的關懷。親愛的T，在明亮清新的夏日晨光裡，大地上各種花兒正舒展花瓣繽紛綻放，那到處飛舞的粉蝶、蛺蝶、灰蝶、鳳蝶等，是天地間最美麗的花使，溫馨地與每一朵花兒低語，感謝獻出的綠葉及花蜜，並辛勤地為它們傳播花粉，以生生不息地繁衍。只見蝴蝶們忙碌地花裡花外穿飛，飛入時光的扉頁如詩如畫，飛出喜悅與希望的亮麗身影——

小小綠巨人

花色絢麗清新秀美的夏堇，到了秋天便逐一凋零，整理園子拔除枯乾殘枝時，猛地跳出了一隻昆蟲攀住我的褲管，定眼一看原來是隻褐色的大螽斯，只見牠後腿一蹬又彈跳走了。

螽斯屬鳴蟲類體型較大者，有褐色也有翠綠色，鳴叫時靠著兩前翅來回摩擦，發出「唧……唧……」，像是紡織機發出的聲音，所以又被稱爲紡織娘。這美妙鳴聲是雄螽斯求偶時的歌唱，帶有金屬之感，比蟋蟀的叫聲更響亮，是昆蟲「歌手」中的佼佼者。而兩翅的薄厚和振動速度也會影響鳴聲的節奏與高低，另外品種不同，發聲的頻率也相異，所以螽斯的鳴聲有洪亮高亢，有宛轉低沉，聲調或高或低，聲音或清或啞，交織成大自然中一串串美妙的音符。雌螽斯是「啞巴」但有聽器，可以聽到雄螽斯的呼喚歌聲，所以紡織娘之外號應該是指雄螽斯吧！螽斯有非常強勁的後腿，一有動靜卽可彈跳而去，避開敵人，此外更有一對比身體還長纖細如絲的觸鬚。

記得有一次，車行在高速公路上，途中呀然發現車前擋風玻璃上有一隻翠綠色的螽斯，只見牠四隻腳緊緊地抓在玻璃上，迎著時速近一一〇公里的強風，簡直超人般（應是超蟲），竟然穩穩地沒被吹走，這讓我太驚訝了！彷彿那細長的腳底有強大的吸盤，如此堅定地立在光滑的玻璃上不讓自己隨風而去，這份能耐恐怕連人類都遠遠地自嘆弗如吧！我心裡揣想著牠怎會出現在我的擋風玻璃上？應是我車停在山居的相思樹下時，牠鑽到擋風玻璃與前車蓋間的排水凹槽休息，沒想到一覺醒來，爬出凹槽竟發現自己置身於高速的強風中，本能地死死扒著擋風玻璃不放，小小的牠想必也受到很大的驚嚇吧！下了交流道，我趕緊把車停靠路旁將牠取入車內，只見牠還算沉穩並未因此而慌亂衝撞，安靜地站在我的手掌上，我將牠放在座位旁的置物盒中，陪著我繼續行程。處理完事情，我特地又繞道將牠送回山上，不料卻遍尋不著牠的蹤影，心想可能在我打開車門時就彈跳出去了，遂復驅車回台北。

隔了兩天我下停車場開車，赫然發現那螽斯竟還在車裡，不知何時跳出來就停在方向盤前方。牠在我手中時，感覺腿勁較前虛弱，算算應已餓了兩三天了，上網查螽斯是雜食性動物，於是找來小果凍盒放了片蘋果給牠，許是餓壞了只見牠頭埋在蘋果上吃了起來。如此撐了兩天直到我再次上山，但可憐的螽斯已虛弱得奄奄一息了。到了山村，我將牠放在草叢裡，我不知牠是否能存活下來，但終於回到家的螽斯，聞著熟悉的泥土、草葉氣息，多少應該感到很安慰吧！

親愛的T，秋天正是螽斯引吭高歌的季節，然而自始至終，我未曾聽到我的小乘客發出任何聲音，唯沉默裡我卻清晰地感受到牠那一份堅韌卓絕的生命力，彷彿聽到牠內心的吶喊，我想起有部電影《我要活著回去》（*Alive*）一隻小小的昆蟲卻展現出這般巨大驚人的能耐，人的潛能或許也能如此吧！只要專注於一個堅執的意念。生命可以強韌如山，也可薄脆微不足道，或許我們無法掌握外在環境，但擇善的意念卻在我們的心中。夜裡窗外傳來「唧……唧……」的鳴唱，月亮穿過林樹篩下皎潔的輝光中，彷彿有一葉小綠影彈跳而過。親愛的T，我在你秋涼的臉龐，看到了一種無畏而堅定的神情——

秋晨遇見詩與蜂

白露之後山中早晚逐漸寒涼，想必夜深露更重，往往一早起來只見露台、欄杆上滿滿地鋪了一層水，彷彿夜裡偷偷下了一場雨。幸好天亮後陽光普照，白雲藍天，層巒疊翠，唐朝文人韓愈有詩云：「燦燦辰角曙，亭亭寒露朝。川原共澄映，雲日還浮飄。」此情彼景應相去不遠吧！

岩崎寒蟬早已站上枝頭精神抖擻地高歌，聲浪層次分明且具有節奏；一隻蛾夢裡醒來發現翅膀被露水濕透，無力舉翅高飛只能靜默地趴著，我輕輕地將牠拈起放在部分已乾的欄杆上，就交給太陽去吻乾水露吧！園裡的蓮花瓣瓣如舟跌落，只剩殘梗綠葉，朝日正盡情地揮灑光影；斜坡上朱槿鮮黃花朵掩映於草叢間，明亮容顏清新可人；而烏心石掉落地上裂開的蓇葖果，露出紅豔如心的種子，色澤美極了，大自然的傑作處處美不勝收，令人目不暇給啊！

這充滿「聲、光、色」宴饗的豐美早晨，原本被斜坡上一片葉子吸引的我，透過鏡頭發現葉上還歇著一隻金色的蜻蜓，正舒爽地享受牠的日光浴呢！我凝神觀賞並攝下牠美麗的身影。等想起欄杆上那隻蛾時，卻發現不知何時牠已曬乾翅膀舉翅飛走了。

意猶未盡的我遂揹著相機沿著門前小路散步，巧遇鄰居C正站在肖楠樹下不知在看什麼，我走近一瞧只見兩隻大蜜蜂正在地面上繞飛，大大的金色頭，腹部有明顯的黃色紋路，尾部尖端爲黃色。鄰居說是中華大虎頭蜂，又稱台灣大虎頭蜂、大土蜂等，因在地底下築巢，故又稱地龍蜂，是世界上體型最大的虎頭蜂。

鄰居C是退休的數學老師，對動植物因興趣而頗有研究，他說這兩隻是工蜂，只要不驚動牠們，牠們是不會主動攻擊人的，我們站在路旁看了一會兒，C又指著右邊樹林讓我看之前他提過的虎頭蜂窩，我順著他所指的方向終於看到樹林裡面的一棵高樹，上頭掛著一個大蜂窩（在山上已學會分辨蜂窩跟蟻窩，蟻窩會連同樹枝一起包在裡面，蜂窩則是掛在樹枝上），我用相機將蜂窩拉近看，只見蜂窩上密密麻麻地爬滿了虎頭蜂，黑色腹部，個頭比中華大虎頭蜂小許多。

我將攝下的影像給他看，他說是虎頭蜂中最凶猛的黑腹虎頭蜂，蜂巢爲吊鐘狀，其體積是台灣所有虎頭蜂窩中最大的一種，我揣度其平行高度距離我家應不到五十公尺，曾見過單隻黑腹虎頭蜂在露台上巡邏，雖有些擔心但仍採取互不干擾。其實任何生物皆有其生存的權力與空間，人類不能爲了自身的利益而予與剝奪，何況我們才是外來者。因怕招來捕蜂人，於是黑腹虎頭蜂窩成了幾個鄰居之間的祕密。

我繼續沿路散步，秋天是山茶開花的季節，路面上撒滿了白色落花，其間點綴著紅色葉子，像鋪著一條圖樣素雅的花布，還眞令人捨不得踩踏它呢！親愛的T，你讓我看到即使凋零也能如此莊嚴美麗！我駐足了片刻，心中充滿著感動，轉身往回走，行到方才中華大虎頭蜂出沒之處，好奇地想再探看一下，突然其中一隻虎頭蜂飛到我耳畔盤旋，似乎在打量我是敵或友，我靜立屏氣凝神地聽著牠嗡嗡的聲音，感覺翅膀扇動耳邊髮絲的輕微氣流，或許虎頭蜂嗅出我的無害，不一會兒就飛走了；而我則驚訝自己當下竟無畏懼之感，這可能是場生死對峙呀！我的鎮定應來自於對牠的善意吧！

親愛的Ｔ，不可否認一切皆屬無常，山中生活有其迷人之處卻難免也有潛藏的危機。在你日漸靜定的眼中，在你來去如風的身影間，我看到你衣衫上隱約的山茶花圖樣，似乎聞得到那淡淡的清香，如何安心正是我此時的生命課題，也許日常生活就是一種修行吧！

初冬的後花園

「葉子的離開，是風的追求，還是樹的不挽留？」年輕的孩子曾經以探詢的口吻問我。

「葉子的離開，是爲了完成另一段新的旅程。」我如是回答。

看著自九月開始飄落的櫻花樹葉，到了十一月幾乎已經光禿一片了，我想起了這一段對話。落葉意味著正預約一樹燦豔櫻紅的春天，因此心裡並無太多的傷感；何況屋前屋後的青楓才剛轉紅，一場蘸著滾熱的血賦離歌，將陽關三疊唱遍的壯烈之旅還在醞釀中。這樣的季節風大時，搖動滿山的林樹，喜歡看那落葉紛然於風中如蝶飛舞的曼妙；而山中最勤奮的莫過於五節芒了，從秋到冬鎮日拿著大毫筆不斷地對著天空揮灑——

親愛的T，島嶼的冬天，低海拔山區無雪，除了偶爾幾聲烏鴉啼叫令人稍感蕭瑟外，我喜歡沿著屋後小徑散步，看已綻放多時的山芙蓉依舊笑盈盈地滿樹盛開，「如何讓你遇見我／在我最美麗的時刻／爲這／我已在佛前求了五百年／求佛讓我們結一段塵緣……」不知爲何總有著席慕蓉〈一棵開花的樹〉之錯覺。路旁台灣油點草白裡透紫的花瓣上撒著斑點，像極長著可愛雀斑的小仙女；而成群結隊的東風草，發出串串笑聲，如一群從灌木叢探出頭的孩童，大大的毛帽幾乎蓋住小臉兒，繡著鵝黃紫紅的帽沿下傳出清亮稚嫩的歌聲，他們是冬天裡的春天。開過花的月桃垂下一串串橘紅果實，而最受蝴蝶青睞的冇骨消一片細雪白花之後，也結出密密的漿果狀橙紅核果；至於路旁綻放了大半年的桂花似無稍歇之意，瞧葉腋間一簇簇細小乳白花朵，香氣散於風中，馨郁沁入心間……

我輕盈地走在山中，卻猛地駐足於鋪滿紫色落花的小徑，抬頭往上尋找花蹤，只見隱在樹端一串串紫紅花朵，燦麗地伸向天空，當下頗爲詫異，爲何過去從未注意到它呢？原來是葛藤，這平日長在山野不起眼的植物，據說全身是寶，葛根可消渴、解熱，做成葛根湯治療感冒，磨成葛粉也具有多種特殊療效；嫩葉能當野菜，老葉爲飼料；花可煮茶且烹製鮮美菜餚，藤莖可編籃做繩。《詩經．葛覃》中「葛之覃兮，施于中谷，維葉莫莫。是刈是濩，爲絺爲綌，服之無斁。」意爲葛藤滿山遍谷地蔓長，藤葉如此青翠茂盛，將葛藤割下蒸煮之後，取其纖維織成細布與粗布，不管是細布或粗布做成的衣裳，穿著它都不覺厭倦。可知遠溯至周朝時代即已知取葛藤的莖皮纖維織布了。於是彷彿認識新朋友般，每次經過它時，總忍不住要仰首尋找那蝶形般美麗的花蹤！

初冬的山野，鵝掌柴、裡白蔥木的樹端擎著淡黃的繖形細花，羅氏鹽膚木也頂著一樹紅褐色的扁形核果，這可是原住民的替代鹽呢！有台灣紫珠之稱的杜虹花，已是一片深紫果實垂掛，紫果綠葉交織出一簾的秀逸明美。此時山野引人注目的除了含苞的茶花之外，便是全株散發特殊果香的芳香萬壽菊了，它不只可煮茶、烹調、驅蚊，秋冬季節更是綻放出陽光般燦爛的花朵，最初是居民帶上山栽種，因生命力強，剪枝隨意插種庭園、門口、山坡等，如今已到處是一片迷人的亮黃了……親愛的T，雖已入冬，植物們仍努力地散發光彩、完成任務，展現出其豐美的外在與內蘊。於是採一把陽光花朵瓶插生命的書案，人不知不覺就被照亮了，即使青春已遠，冬天來到眼前，內心卻是一片安恬的馨暖。

楓紅人家

誰以燦暖的紅豔，輕覆山村的瑟縮，問候與揮別的手勢如是熱情繽紛，冬天因而不再嚴寒寂冷。山屋前後的楓樹自去年十二月便開始悄悄地變裝，這裡一簇、那裡一叢的逐漸轉紅，跨年之後，已是楓紅遍野了。雖然這時山上的油桐葉也同時轉黃，雪白梅花已綻放，山櫻醞釀的花苞，偶有幾朵悄悄含笑枝頭；但大家的眼睛總是被那搖曳枝上，穿梭風間，滿樹豔麗斑斕的楓葉所吸引，隨著日子翻動，樹上繁茂的紅楓不斷地乘風而去，由密漸疏，恍如一場絢燦的夢。

每次歸來，滿地都是楓葉的彩繪傑作，露台也無法倖免，因此清掃露台上堆積的楓葉成了首要之事。但掃落葉的心情是矛盾的，因爲掃淨之後，風一吹又再次飄落。有時看著也好看，心想就如滿園楓葉鋪地一般，也任由它裝飾露台吧！但積多了難免顯得荒蕪蕭瑟，也擔心鄰居覺得如此地放任落葉，未免太過疏懶了。

山上人家互動隨興自然，每每我邀你來喝茶，你邀我去吃飯，大家常聚在一起聊天、談園藝、賞楓觀景。記得去年春節時，露台旁那兩棵楓樹特別火紅，被評爲村中最美的楓樹，下方鄰居總被它們吸引忍不住上來觀賞。今年賞楓之餘，最成爲茶餘飯後話題的便是黑貓烏妞了，去年春天生了三隻小貓咪之後，因有下方鄰居餵食，故較少見到牠們上來。有一次午後聽到牠特有的溫婉叫聲，我往下探看，見牠在左下方鄰居的露台上呼叫著，那裡是一隻黃貓的地盤，常見黃貓整天窩在那兒睡覺，卽使夏天也不覺熱。此時未見到黃貓，烏妞在露台上不斷尋找呼喚，聲音輕柔帶點撒嬌彷彿在說：「喂！你在哪裡呢？」跟著牠來的小貓咪在一旁天真舒服地曬著暖陽，隨著小貓的成長，有的毛色逐漸透著黃褐色澤，我們更加確定牠們的爸爸應該就是那隻黃貓，而山上就牠們一家子，從未見有其他的貓出沒，平時黃貓還是喜歡獨來獨往的守在鄰家的露台上。

烏妞母子儼然成了山村的住戶，餵養牠們對居民來說似乎是理所當然的，甚至還會特地準備貓食等牠們上門。記得有次牠來到我家階前叫喚著，姊姊正好在，竟然對著烏妞說：「這裡沒有你愛吃的，去上面張先生家，他有好吃的貓罐頭。」簡直把烏妞當鄰家小孩看待了。去年十二月底一個寒冷的夜晚，大概山上鄰居都回去了，烏妞沒得吃只好又到我家門前叫喚著，山上素食還是只有堅果吐司，我因手邊正忙著事，便叫外子拿去給牠吃，結果外子說牠不吃，我放下工作出去看，發現吐司撕得太大塊了，我蹲下來將露台上的吐司再撕細些，烏妞起初只是聞聞沒馬上吃，我拿起一塊餵牠，牠一口吃了，原來是在跟我撒嬌要我餵呢！但牠只吃了兩三口就跑到露台外默默望著大門，像心有靈犀似的，黑暗中一隻小貓跑了進來，站在露台前沿不敢過來吃，烏妞的孩子可能年幼仍極爲膽怯，見了人便要躲，我趕忙回屋裡，隔著窗窺看，原來烏妞並非不吃而是將食物讓給孩子，母愛的偉大，連動物界亦如是！

前些日，鄰居C說烏妞帶著孩子一早到他家叫喚著，他正煮好牛肉，於是隨手拿了一塊給牠們母子吃，便關門出去了；中午回來時，發現屋裡放在桌上剩下的三塊牛肉全都不翼而飛，他左想右想認爲嫌疑最大的應該就是烏妞母子，牠們吃了第一塊牛肉，發現實在太好吃了，而陣陣肉香又從屋內傳來，於是母子合力打開紗窗潛入，把牛肉給吃了還打翻了鍋子。傍晚時，烏妞大概想念他家的牛肉又來了，另一位鄰居張先生正好在那裡，他看到烏妞劈頭就罵牠：「你很壞喔！你眞的很壞喔！怎麼可以隨便偷吃別人家的東西，實在太不應該了……」在旁的鄰居C說烏妞一臉愧疚地站在那裡由著張先生罵，後來張先生拿起棍子假裝生氣作勢要打牠，烏妞動也不動，那神情彷彿是「對不起，我錯了，要打要罵隨你吧！」鄰居講得生動，我們聽了大笑，一方面更讚嘆烏妞眞是隻有靈性的貓。

親愛的T，看著烏妞從一隻瘦弱的小貓，長成「爲母則強」沉穩的母貓，已是二度楓紅了，而楓紅深處傳出的笑語，被風吹散靜靜覆落四季的小徑。雖說山中無甲子，寒盡不知年，但我總看到日月推動的輪子將歲月輾成微塵。「獨坐幽篁裡，彈琴復長嘯。深林人不知，明月來相照。」這是王維的空靈悠寂。親愛的T，於今我獨坐楓紅裡，輕輕撥動風的琴弦，森林深處有禽鳥低鳴，恍然自己成了那一輪月，透過楓紅俯視寧謐的山村，以及群山之外閃耀噪鬧的人間，靜靜地徘徊在無盡的長河上，低頭想要看眞確那水中的容顏……

許願藤開花了

耙開厚積的落葉，一抹抹甦醒的新綠鑽出了土地；拂過光禿的枝椏，一朵朵呢喃的嫣紅綻放於風中；大地之母永遠懷抱著願望，歷經寒冬之後，希望與夢想就會展翅飛翔。而我數著季節，將那三月的笑靨，散成八方的祝福……

鄰居C的院子裡種了一棵許願藤，每年三、四月花開時節，那串串柔美的花顏迎風搖曳，總是美得令人深深爲之著迷。C見狀遂送我一棵以扦插繁殖少數存活的小樹苗，我欣喜地將它種在後院駁坎旁。春去秋來如今已是第三年了，許願藤密長的藤葉整個趴在石牆上，去年底，我幫它做了個花架將枝葉扶上，於是三月時它深情地回報我一串串如夢似幻的紫藍花朵。

許願藤，其實學名叫做錫葉藤，原產於熱帶美洲，因葉片兩面粗糙如砂紙，泰國或馬來西亞的傳統工藝會利用它的葉片，磨擦錫器表面使之光亮，因此又稱爲砂紙藤，另外因其花色而有藍花藤之別稱，台灣花農喚它爲許願藤，應是取其諧音且吉祥又好記吧！它的英文名字也很美，如Queen's Wreath（皇后的花環）、Purple Wreath（紫花環）、Bluebird Vine（藍鳥藤）等。當許願藤盛開時，滿樹優雅的紫藍花朵極爲曼妙吸睛，乍看其花會誤以爲是重瓣，其實下層是它的萼片，上層才是花瓣，花萼花瓣各五片上下相疊十分秀麗。花謝之後淺紫色的萼片，仍可觀賞一段時間，但顏色會逐漸轉淡，等到萼片掉落還可收集起來做花環呢！

我想錫葉藤之稱在於其功用，而許願藤之名則可以有諸多的遐想。記得去年初應邀在雲林虎尾高中的藝術空間舉辦詩畫展，校園中有一步道，兩旁種滿了羊蹄甲，每年三月中旬花開時，樹下掛滿了高三學生的祈福卡，盛開的粉紅花樹與莘莘學子的願望，交織成一條美麗的祈願花道。校長是大學同學，極具教育理想與熱誠，對於校園的美化也非常用心，他知道我山村種了許願藤之事，突發奇想計畫在校園一隅也種下許願藤，想像花開時節即將展翅高飛的孩子，帶著願望走過許願藤花架，迎向嶄新的旅程，那將是多麼美好的一件事呀！而我那好心的鄰居C聽說此事，又送了我一棵由主幹旁生出來的許願小樹，連盆帶土，我南下時載著它送到學校去，想著許願藤將在校園裡茁長開花，心裡格外地感到欣慰。

許願，何其美好！總是連結著夢想與願望，生日蛋糕前的許願、對著流星許願、佛菩薩面前的許願……閉上雙眼或雙手合十，一炷香、一盞燈，藉著某一種形式或對著某一物之象徵，我們對未來總是充滿美好的想望與期許。親愛的T，許願藤開花了，我回溯時光尋找小時候的第一個願望，竟是深山裡的小學老師，之後隨著成長的足跡，願望不斷地在改變，但繞了一圈之後，終究還是當了老師，一個城市裡的中學老師。親愛的T，夢幻的生之旅，夢幻的山居，我望著夢幻般深淺交錯的紫藍花串，在春風中微微地呢喃，忍不住凝神傾聽，它許了什麼願望？而你卻拉著我的手，穿越風花霧林，去尋找最初的那一道彩虹——

初夏花蟲季

不記得是詩約我
還是我約詩的
只見桐花茶席早已鋪好
讓我們坐下來
靜看一場繽紛的花舞

花舞繽紛落在黛綠的山頭，是櫻紅遠去之後再次的騷動，緘靜的心湖難免起了漣漪，眼睛追隨著那朵朵綻放的雪白笑靨，飛旋於陽光中細雨裡，旋入深深又深深的夢境——

四月末到五月中旬是油桐花與螢火蟲交織的季節，記得之前常住的山城，每逢此時是社區年度盛大的節慶，居民開始興奮地以鮮花、竹編、木作等物，裝飾社區大門口及其他地方，在荷花池邊架設表演舞台，精心規劃活動節目。有一年舞台前還構築了曲水流觴，我們走過彎曲的小木橋朗誦詩歌，而台上則有舞蹈、彈琴、歌唱等各式才藝表演，當然由社區原住民組成的八部合音更是活動亮點！附近椰林大道上亦是熱鬧非凡，有跳蚤市場、居民手作美食、健康飲品、手工香皂等等，甚至還舉辦一戶一菜的大聚餐，或是富有人文氣息的茶席之邀約⋯⋯

傍晚登場的主角是螢火蟲，爲了避免光害，社區中所有路燈早早就覆上紅色玻璃紙了。只見出來觀螢的居民或外來的朋友們，成群或三兩，正安靜地探視路邊草叢，或往蘭溪方向追尋那一閃一閃被流放人間的小星子。晚上的椰林大道有時還會放映電影，或舉辦生態、人文、藝術的講座等等。通常花蟲季爲期大約兩個星期，之後就隨著桐花飄落，螢火漸稀而落幕。

山村的花蟲季是天地間美好的禮讚，沒有人文刻意的慶祝活動，一派自然而安靜，偶爾鄰居上來喝茶談天，看重巒翠谷間簇簇綻放的油桐花，自眼前鋪展至天涯。人踩著潔白的花毯，一陣風來紛紛飄落滿地滿身滿眼都是秀逸的花朵，彷彿一場花浴，滌洗過的身心清淨而芬芳，飄飄然恍惚自己是那朵隨風盪過千山的雪色桐花——

微涼的夜晚來臨，熄燈靜看滿園飛閃的螢火，悄悄穿梭於草叢花間，看著看著……頓覺周遭群樹逐漸圍攏過來，舉起山中小屋，穿越星月，沿著茉莉花香，我回到了兒時的老屋，門前靜靜飄飛的螢火蟲對我眨了眨眼，喔！原來你們還在這裡，一旁的小花園依舊。我輕輕躡足入屋，光線頓時亮了起來，欣喜母親仍在那裡，她抬頭對我露出一抹慈和的微笑，又繼續達達踩著縫紉機修改她的衣服。父親也在呢！他依舊坐在店裡的桌子前一邊聽收音機一邊瞇起眼看報，兄弟姊妹從屋子裡跑了出來，我跟隨在後，我們玩踢罐子、捉迷藏，拿著竹編畚箕放在水溝裡堵水，然後提起畚箕，只見上面有好幾十條閃著銀光跳動的小魚兒……清澈的溝水，快樂的童年，潔淨的環境，安謐的歲月，眞是令人懷念的美好年代。

樹上的黃嘴角鴞，吹口哨似的咕咕兩聲爲一節奏，之後靜止五秒再次咕咕……如此不斷反覆吹奏著。夜漸深，閃爍的螢火已稀，親愛的T，我從夢裡醒來，或者我還在夢裡？而夢裡不知身是客呀！年年有花蟲季，年年看桐花飛雪流螢掌燈，天地榮枯自有其節奏。我的花蟲季從喧鬧而安靜，親愛的T，此時我正歇憩在休止符裡，像一隻垂掛的蛹，蓄積尋索展翅的能量與飛翔的天空——

夏日土香

大暑已過，山中的氣候仍陰晴多變，往往早上豔陽高照，午後卻常見一大片烏雲自台灣海峽上空飄過來，有時與太陽玩躲貓貓，有時劈哩啪啦如潑婦般就是傾盆大雨。由春而夏，充足的陽光與雨水，草長得特別快。前兩次偷懶使用了除草機，自從發現夏堇幼苗之後，怕傷了她們，只好又恢復手工拔草。

其實拔草感覺有點像練功，必須專注精準，心逐漸沉定下來，此時感官敏銳地接收外界的動靜，眼睛忙著做植物辨識，耳朵聽到滿樹的蟬聲喊加油，以及一陣風吹過樹林的呢喃。或者嘗一下葉子確定是不是甜菊，而鼻子總聞到周遭瀰漫的一股香馨，那是自地湧生最讓人傷腦筋的「土香」，一種生命力非常強韌，擴展性極高的野草，在拔除過程中常忍不住要聞一下它的香氣，那帶有清甜的草香，彷彿大地的體香，每每循著那香氣，我彷彿回到了夢境裡兒時的田野——

黃昏的天空絢麗曠寂，當時父親還有塊田在村莊外圍，記得小學有段時間放學回家，我和姊姊倆便到田裡去挖鋤番薯，當我們終於裝滿一布袋時，姊姊會先返家喚正忙著碾米工廠活兒的父親來載回番薯。姊一走，闃寂的田野就剩我一人，更加顯得天寬地闊，望著逐漸暗成淺灰的周遭景物，傍晚的風越過田野，吹動附近墓地上的草叢，我必須承認由於想像力太豐富，我是極膽小的。孤單無依又有點驚慌的我，渴盼著騎著野狼機車前來的父親身影。而夏日裡常穿著白色無袖連身衣裙的我，彷彿遠成了天地間的一點白，那情景和著大地的氣息深深嵌入記憶底層，從來不曾磨滅。

拔草的動作雖不是很費力，但久了，在手臂肌肉牽動下，身體開始發熱，慢慢地汗水沿著前額、兩頰滴落，因爲喜愛那股香氣故有時會手下留情，讓一處給土香生長，雖然我知道靠地下根莖蔓延的土香，就像魚腥草、薄荷、野薑花、日本鳶尾等其他植物，很快的會在地底擴展它的領域再次造成困擾，但那股香氣就是令人著迷。其實土香不只是雜草，它又名水香草、三莢草、白香附、水蜈蚣、土頭香等，全草皆可藥用，味微甘、辛、性平，具散風解熱，消腫止痛，舒筋活絡等功效，是極普遍常見的民間草藥呢！而拔草的過程中，常會看到地上出現一個個約拇指大小的土洞，那是紅腳細腰峰爲了建構嬰兒房的傑作，只見牠們忙碌地鑽洞、產卵、麻痺昆蟲拖入洞裡，爲孵化之後的幼蜂備好食物，然後又把洞口封住，動物爲繁衍後代的能耐眞不可小覷呀！

拔草累了就坐在樹蔭下的大石上，取下遮陽的寬邊帽，看著逐漸淨整的園子，一株株的夏堇幼苗格外顯眼，想著再過些時候就會結苞然後一片繁花似錦，心中便充滿了喜悅的期待。親愛的T，除此之外我看到另一種「土香」，連結大地之母的臍帶，只要努力她總會回報我們欣榮的成果與芬芳；也連結了故鄉的成長歲月，每每無由地被牽引回顧，而眷戀總勝於一切……親愛的T，此時一陣風拂過，那份清爽舒心眞是無以倫比，足以忘憂。我終於懂得冬日野人獻曝的心情，而夏日我要獻上的是帶有土香氣息的那一陣涼風——你問我幸福是什麼？如是而已。

記取人間美好時節

一輪明月，自林間露出臉兒，嫻靜優雅地穿行漫步，復從屋舍東邊的尖頂踱到西邊的尖頂，在高大的楓樹間玩躲貓貓。此時風動，樹動，月動，心，動或不動？

在這遠離塵囂的寧謐山村，只覺天地澄靜，遠處燈火是散落的璀璨瓔珞，如水夜色泛著薄薄涼意，露台搬出的長桌上，有新採瓶插的野薑花散溢著芬芳，還有每年小姑自麻豆寄來的文旦，應景的各式月餅、點心，以及一壺茶香。我們邊喫茶談天，聞著剝下的柚子香，賞著天上夜明珠般的皎皎輝光，一派悠閒自得。忽地發現一隻斯文豪氏赤蛙在露台上輕巧地跳躍，剛來到山村半夜裡總仍聽到啾啾的鳥叫聲，心裡納悶著山上的鳥兒都不睡覺嗎？後來才知道原來是背部有著青苔綠的斯文豪氏赤蛙在叫，因為聲音像極了鳥的叫聲，故有賞鳥者稱牠為「騙人鳥」，而愛蛙人士則稱牠為「鳥蛙」。哈！牠也想來湊熱鬧呢！那大大微凸的眼睛，細脆清亮的叫聲，我看著牠，彷彿回到孩提時的調皮純眞，以及童年的中秋——

那時總會將圓桌搬到院子裡，桌上同樣是柚子、月餅等應景食物，只是簡樸些，盒中彩色絲線裝綴的月餅大多是綠豆椪、豆沙、蓮蓉等口味，沒有現在的樣式多。而印象最深刻的是住隔壁的表哥會帶著他的洞簫，與姊姊的笛子來個中秋音樂會，我們聽著管樂二重奏，吃著月餅，頭上頂著柚子帽相互追逐，有時抬起小腦袋瓜望著月亮，想像傳說中奔月的嫦娥、伐桂的吳剛與搗藥的玉兔等。有時淘氣地躲在院子邊的燈籠花籬笆下，等著路上行人經過，然後突然丟出手中的小鞭炮，以嚇到路人為樂，或者將沖天炮放在空罐子裡，點燃看著它咻一聲衝上半空中爆開，更是開心得直拍手……那是童年老家的中秋節。

不知何時開始，從城市到鄉村，中秋節逐漸成了烤肉節，幾乎已是全民過節的模式，有些行政機關也配合民情規劃了大眾烤肉區，於是在自家門前或聚於公園空地，只見萬家烤肉的煙味裊裊上升，那深居廣寒宮裡的嫦娥聞到了嗎？而低頭烤肉之餘可有人抬頭多看一眼天上那輪美麗皎潔的明月？我想下一代孩子的記憶裡中秋節應是與家人、朋友圍聚烤肉吧！若遇連假這肉一烤可能是兩三天，有個朋友說晾曬陽台上的衣服全是烤肉味，只得重洗了。親愛的T，我不想掃興，卻總覺得這是集體記憶的重製，至於傳統中秋節的文化習俗與內涵正逐漸被淡忘中——我懷念童年的中秋節！

倚著欄杆，望見拿著手電筒正沿著小徑走上來的鄰居，打了招呼，對方說剛賞花回來，附近駁坎石牆上有上百朵的曇花正盛開，那樣勝景的確懾人心魂，我曾見過幾回，親愛的T，曇花一夜，那一片聖潔花顏卻恆在我心中。我舉頭仰望明月，乾坤朗朗，想著李白〈把酒問月〉：「白兔擣藥秋復春，嫦娥孤棲與誰鄰？／今人不見古時月，今月曾經照古人。／古人今人若流水，共看明月皆如此。／唯願當歌對酒時，月光長照金樽裏。」千年一瞬，在時間的長流中，雖「前不見古人，後不見來者」，但因爲有今日的我，才得以上承古人，下繼來者，那輪千古之月依舊照耀著今日的我。親愛的T，此刻我眞實地抓住你的衣袖御風而行，即使只是滄海一粟，蜉蝣一生，仍要珍惜且記取這人間美好的時節！

因為蜂的緣故

寒露剛過，依時節應是深秋了，山中的楓樹尚未轉紅，秋夜裡一派舒爽，黃嘴角鴞在林中鳴叫，黝青的天空一輪皎皎將圓之月。煮一壺茶，與三兩鄰居在露台上聊天，忽聞嗡嗡聲傳來，抬頭一看，只見一群蜜蜂繞著屋前柱上的夜燈飛舞。蜜蜂也有趨光性嗎？有人發問，但我們都不確定，關掉夜燈，見牠們又轉移到屋牆的壁燈下，雖知不去招惹牠們，就能彼此相安，但身旁有這麼多蜜蜂繞飛的確有點擾人，我們乾脆把屋外的燈全熄了。我入屋取出鏤蝶燭台，玻璃罩內點上酥油燈粒，干擾似乎漸漸平息了，我們望著桌上搖曳的燭光，倒是別有一番意趣，只是夜裡有這麼多蜜蜂忙碌著，實在是異乎尋常！

隔天一早，發現那群蜜蜂仍在，牠們選定燈柱下洗手台邊的一尊希臘女神，只見雕像上圍成拳頭大的一團蜂群，難道要在這裡築巢？蜜蜂陸續飛來像疊羅漢般聚攏著，我看了好一會兒，心想或許不是築巢，倒像是在守護著裡面的蜂王。有時外圍的蜜蜂會顯得蠢動不安，在周邊嗡嗡飛鳴，人在露台上活動難免受到影響，印象中可以用煙驅離，於是取來一圈檀香放在陶盆裡點燃煙燻之，蜜蜂還是沒飛走卻顯得安靜許多，這煙對牠們倒是有安撫作用。

山上的蜂族太豐富了，胡蜂、長腳蜂、熊蜂、虎頭蜂、竹蜂等等，因而對於平日常見的小蜜蜂就不太注意了。從小兒歌裡便歌頌著蜜蜂，鎮日嗡嗡嗡地飛西飛東勤做工，因而自然界中植物周而復始地開花與結果，蜜蜂扮演著極爲重要的角色，牠們穿梭在花朵之間擔任重要的媒人，以促成大自然中這美好的循環，沒有蜜蜂，美麗的花朵就無法授粉，當然更無甜美果實可言。據說：「如果蜜蜂從地表上消失，人類活不過四年。」因爲全世界有高達百分之八十的授粉工作都必須仰賴蜜蜂，而供應全球九成糧食的前七十大作物，其授粉工作也脫離不了蜜蜂。沒有了蜜蜂，人類賴以維生的作物將無法收成。

但自二〇〇六年起，陸續傳出了蜜蜂大量死亡，科學家稱爲「蜜蜂族群崩潰症」（CCD），懷疑元兇是農藥的濫用，研究也證實蜜蜂接觸農藥後會「迷航」，死在野外。蜜蜂的消失除了影響糧食的生產外，更有可能是人類的縮影，蜜蜂有百分之九十九的粒線體組成和人相同，因此我們必須正視農藥對人的影響，「今天蜜蜂的處境，可能就是明日人類的命運。」若不改變土地慣行的使用模式，遲早有日，秋天將沒有果實可採收。

蘇格蘭的蜂農認為：「蜜蜂的幸福就是人類的幸福！」半個多世紀以前美國自然作家瑞秋．卡森（Rachel Carson），得知在麻州鳥類保育所的幼鳥們，因飛機噴灑的DDT而中毒，幾經抗議無效後，瑞秋．卡森遂不畏權勢，於一九六二年出版了《寂靜的春天》（*Silent Spring*），大聲疾呼殺蟲劑的危害，將嚴重影響人類及生態環境。她呼籲人應與自然合作，毒害大自然等於毒害人類，殺蟲劑的濫用將造成沒有鳥鳴的春天，同時瑞秋．卡森也預警，「因為沒有授粉而結不出果實的秋天」可能也會來臨。

小蜜蜂總喜歡追著人跑，當你安靜坐下來看書時，牠就在你身邊嗡嗡的叫著，不然就棲停在你的頭頂上，讓你不得安寧，那感覺就像一整天被淘氣的小孩鬧著，不知該如何是好。下午，前地主張先生來訪，看了雕像上圍聚的蜜蜂說：「這附近應有蜜蜂築巢，等巢築好了牠們就會搬離，不去招惹牠們，蜜蜂其實是很溫和的動物。」原來是分蜂團臨時的駐紮地。分蜂古稱分封，是蜜蜂自然繁衍的一種本能，乃原有的蜂王連同半數的工蜂離巢另築新巢。蜜蜂屬群體動物，無法單獨存活，牠們的社會規律而節制，更像是一個家族團體，彼此友愛互助合作，徹底分工，自動自發，絕無利己的行爲，而爲了團體的利益，更可以自我犧牲，表現出異體同身的美德。繁衍是動、植物界唯一的生存目標，爲了此一目標，往往以犧牲小我，來完成大我，相形之下自稱萬物之靈的人類怎能不汗顏呢？

親愛的T，回顧這一路走來，該盡的責任大抵已完成，生活堪稱安足靜好，然而卻彷彿有個塡不滿的空洞——在內心深處，我在尋找生命的蜂王，那是一個目標，一個意義，也是一個信仰，值得我去守護的美好初心——

山芙蓉與孔雀青蛺蝶

一季一季的更迭
一樹一樹的花開
如你是蝶
芙蓉樹下靜靜徘徊
細聽每一朵花落的聲音
絢麗羽翅輕染歲月斑痕
停駐在時間的圓心
等候再次破蛹而出的高飛

季節總愛在山間小徑鋪換不同花色的織巾，遍撒金黃小毬的相思花、葛藤的紫花如夢、潔白山茶與紅葉的絕美構圖……時序入冬，青楓尚未轉紅，屋後那一排山芙蓉成了最引人的風景，總愛漫步其間，一棵棵的花樹在流漾的陽光裡，交織出人間靜好的詩句。

清晨，山芙蓉閉合的粉紅花苞，自沉眠中逐漸醒轉，伸伸懶腰一瓣瓣地舒展開來，那白色花朵到了中午時輕染粉紅，及近傍晚顏色又漸深，之後再次閉合爲桃紅色，花的壽命只一朝夕，卻因一日三變，而有「三醉芙蓉」之稱。又因開花期爲衆芳搖落之秋冬，故亦有「拒霜」的美名。已開盡又合起的山芙蓉花朵，像一個個的句點，掉落的方式很直接，咚咚地敲在大地上，望著樹下一地的落花，那鋪陳的音符，是否正譜著一首歌？

入冬山野並不寂寞，蓼花、油點草、蘆葦、高粱泡、紫蘇、蛇葡萄、東風草、山澤蘭……它們安靜無爭地在路旁、山坡上各自開花結實。陽光如此燦爛，我往山芙蓉花徑走去，花樹下駐足流連，抬頭仰望藍天裡一朵朵清雅的笑靨，紛紛朝我綻放；我感受到陽光流過臉頰的暖，金箔般在樹上閃爍著；我聽到花朵之間的耳語，那純眞愉悅的容顏與輕巧的笑聲；我彷彿聞到散溢空中縷縷的清香，我的心盛滿了無以言喩的歡悅，在這爛縵的山間早晨。

忽然一隻孔雀青蛺蝶闖入了我的眼簾，牠靜靜地在山芙蓉樹下的草叢間低飛，大多時候只是棲止不動，後翅上那亮麗的藍，是裁自天空抑或大海？稚趣的八枚眼紋靜靜地鑲在前後翅端，彷彿圖繪般極爲出色。牠如此靜定，牠在沉思什麼？牠從何處飛來？又將飛往何方？同伴們都哪兒去了？牠忘了已是冬天了嗎？有太多的問號在我心底升起！我輕輕地將牠放在手上，牠似乎也不驚惶掙扎，就這般安靜地停在我手中。我讚歎地審視牠美麗的蝶翼，發現波浪型的末端有一些破損，想必歷盡了滄桑吧！畢竟已經冬了，難怪牠如此沉默與疲憊，即使棲在我手上也不飛走，我無法詮釋眼前的情景，大概是美麗與哀愁的化身吧！

那景象令我想起高中時期，青春少女爲了貪看嘉南平原上的落日美景，寧願坐火車天天通勤。某日黃昏在下車的月台盡頭，瞥見斜坡上棲停著一隻蝴蝶，靜止不動。「我俯身捻起，只見牠掙扎撲動了幾下又停止了，藉著微光細察，深褐色的翅膀上有著寶藍、鵝黃、墨綠等彩繪圖案，是一隻美麗的蝴蝶呢！我試著將牠放飛於天空，期待輕盈的倩影再度展翅翩飛，豈料牠竟又跌落了下來，是太倦了，不願再四處飄遊，或者只是眷戀黃昏裡這一處寧謐靜美之地……」這是年輕時浪漫的想法，而今望著手中同樣疲憊的蝴蝶，我輕輕地對牠說：「累了嗎？去吧！你此生的責任已了了，去尋找一處芳草好好長眠吧！」孔雀青蛺蝶似乎聽懂了我的話，牠拍動了一下翅膀，過了一會兒，終於使盡最後的力氣蹣跚飛起，消失於不遠處的斜坡。

我忍不住走近探看，叢生的野草間已不見任何蝶影，恍如一夢。親愛的T，此刻的我，對於弘一法師最後寫下的「悲欣交集」四個字，似乎也能有一些些的領悟了！

飛花盡處且獨行

清晨，燦暖的太陽終於露出臉來了，相較之前的嚴寒，格外感覺這陽光之和煦與美好！世間的覺受往往是經由相對經驗而來的。時逢假日，出來散步的鄰人滿臉的光耀喜悅，我們在露台上喝咖啡憑欄賞花，山櫻開過，八重櫻、桃花、李花、杏花、茶花、杜鵑等相繼招搖枝頭，彩繪人間山水。

人們眼裡總是映著花開的燦笑，而我卻忍不住低頭看那染紅一路的落花，花開花謝本自然，我欣喜花兒綻放之餘亦不由得驚心，一年容易又春天，「去年今日此門中，人面桃花相映紅；人面不知何處去，桃花依舊笑春風。」崔護的失落惆悵，應是常人普遍之情吧！月有陰晴圓缺，人有悲歡離合，自古難全，在生命的恆河中不斷地流轉，有人耽溺於燦美的花季，有人悲春傷秋，有人走過繁花飄零，目光逐漸深邃，欲跳脫這生死榮枯的輪迴，踽踽獨行，木魚青燈，只爲探究生命最究竟的智慧與眞相。

前些日子讀陳慧劍所著《弘一大師傳》，讀到〈永訣〉一章，敍述李叔同出家，其妻誠子決定回日本，但一顆心又放不下，想要見見出家後的李叔同，做最後的訣別。她一早輾轉車程終於來到大慈山下，在山坳裡找到了定慧寺，但一顆渴盼的心終究只換來李叔同拒見任何親屬的回覆。滿懷絕望與辛酸的誠子，搖晃著身子走出山門，她在西湖山邊的小路漫無目的地走著，幽幽地哭著，直走到天黑盡，最後在迷茫中僱了輛車，拖著麻木的軀殼搭車回去——

當時閱讀至此頗爲揪心，想著一個花樣年華主修音樂的美麗靈秀女孩，爲了愛情千里來到人生地不熟的中國，十多年來的相契廝守，如今忽地夢碎，連最後一面都不得見！內心總不免牽掛遺憾，就見一面以了誠子的心願不成嗎？彼此道別，然後轉身各走各路，爲何不能呢？我不免也陷入普羅衆生的心態反應裡。及經時日慢慢地咀嚼消解，始得越過表相有了一些新的領會。

望著春來滿山綻放的綺麗新花，想著唯有智者得以從花開中看到花謝，又從花謝裡看到空無的本質。親愛的T，你應該最清楚這一切。第一種人總執著於花開的美好，而不願思及終有凋謝之時。第二種人看到花開，悲其終將凋萎而感傷不已。第三種人則跳出花開花謝之表相，看到背後恆在的虛空，一切只是因緣生因緣滅，遂站向高處俯瞰自己及周遭，深知最終都將是孤獨一人，於是沉思、懺悔，意欲追求精神上的落腳處，期望盡此生將有限的生命擦亮。一般人大皆執著於第一、二種，或兩種的混合，彼時的誠子甚至讀者應也如是吧！至於第三種人則是以覺者為依皈，時時自律修持惕省，把一顆心磨得剔透，將人類的精神生活不斷地提升，李叔同即後來的弘一大師當如是。

親愛的T，陽光下滿山遍野盡是清麗的姹紫嫣紅，想著飛花盡處踽踽獨行的那人，上升或下墜，終究與飛花無關，而是生之旅途中走過的每一記足印。

春日我在樹下仰望

春日，我在樹下仰望，尋找清鮮翡翠的密葉間，昨日那花朵留下的詩句。

彷彿尋寶遊戲，穿行於繽紛的樹影綠葉間，每當發現了果實蹤跡，便忍不住欣喜歡呼，乒乓球般淺綠的梅子，花生大小的李子，粉紅橢圓的水蜜桃，小棒腿似的枇杷等等，相較於去年因氣候關係，幾乎無果的寂然，今年得見結果竟格外地開心感恩。果實代表著豐收、希望與繁衍。詩人楊喚曾說，花是無聲的音樂，果實是最動人的書籍，它們在春天演奏，秋天出版……寫出了大自然的美好生機。不過果實的出版，事實上四季皆有呢！

今年我注意到大門旁斜坡邊的兩棵馬告樹，二月時枝上密密綻放著淺黃色的小花，極爲清新可愛，聞起來有類似檸檬的特殊香氣，據說可以泡茶，而馬告嫩葉還能入菜呢！到了三月中，小小綠色漿果逐漸成熟轉黑，顆粒類似黑胡椒。馬告（Makauy）是泰雅族語，寓意「生機盎然，子孫繁衍，生生不息」，是原住民傳統飲食中重要的調味香料，素有「山林裡的黑珍珠」之美譽，又稱爲山胡椒。近幾年隨著原住民飲食文化的普及，馬告的知名度大開，被用來燉煮各種湯品或加入蒸烤調理，風味奇佳。在賽夏、泰雅族部落中，甚至會搗碎新鮮果實，泡成飲料來緩解頭痛、宿醉，亦具有提神作用。而與檸檬搭配調製成的「馬告檸檬汁」，更是泰雅族人上山工作，防止中暑，保持體力的必備飲品。此外馬告茶葉蛋，馬告口味的冰淇淋、甜點、糕餅等，甚至有業者突發奇想，在咖啡中加入了它，成爲風味特殊的「馬告咖啡」。據說馬告還具有安神放鬆、舒緩心情的效果。這麼好用又神奇的植物就長在我家，眞令人忍不住時時流連於樹下，抬頭數著那黑色小珍珠了。

此外也有色彩鮮明看似令人垂涎的橙熟橘子，或者無法一手掌握碩大的虎頭柑，從去年冬天一直掛到今年春天，卻沒人去動它們。果樹就長在鄰人種著高大五葉松的舊庭院裡，由於屋主已移居下方之地，新屋簷前有磊磊大石引山泉潺潺而下，錦鯉戲水，池旁黃楓、梅李等樹交相掩映，造景設計是主人鍾愛的日式庭園風格。因而舊居便顯得荒謐清寂了，卻每每吸引我的駐足，望著那滿地褐色松針的簡樸屋院，不知爲何總覺心魂被安撫了，尤其一旁樹上喧鬧的熟果，更將春日烘得煦暖。那看起來香甜似橘的果實，其實是枝上長刺，味酸的南非檸檬。而外型豐碩的虎頭柑，又稱年柑，除了客家人過年時用來敬神祭祖討吉利外，也因味道酸澀無法直接食用，故有酸橘之稱。於是這兩棵樹的果實得以長時保存，成了美麗的觀賞植物，果然符合莊子的無用之用說。由此可知有時看起來香甜的，其實可能是酸苦的！而覺得酸苦的，或許真的很香甜呢！我們常不知不覺因於某種執念而被外相所蒙騙。

今年春天，一樣百花盛開奼紫嫣紅，一樣萬葉抽長鵝黃淺綠，但人們眼睛卻緊盯著不斷攀升的疫情而惶惶不安，我們從來不知道災難何時會降臨，但當災難形成時，如何溯源、面對考驗，杜絕重蹈，才是重要的功課。值此黑暗時期，唯有人性的光輝可以拯救，它是人類的一次大修行。親愛的T，我仍然喜歡春日徘徊樹下仰望，穿越層層灰雲，尋找藍天之下的果實，像初生的嬰兒被綠葉呵護著，像懷抱的希望，在紛然展翅的葉影之間——

桐月隨筆

暮春時節，鳶飛草長，群芳綻放，露台兩旁的青楓，在春風中快速地抽芽長葉，轉眼已是一樹蓊鬱，密葉下開出了聚繖花序的淡綠小花，細小的落花又隨風紛紛飄灑滿地。於是直到二月才掃淨楓葉的露台，四月又開始有掃不盡的點點落花。今年竟發現右邊楓樹下的欄杆、地板上，摻雜著落花密密成片鋪著一層黏黏薄膜，姊說是楓糖，我大為吃驚，過去沒見過這種情形，我拭淨之後，第二天又復如此。

據稱楓樹落葉之前會在樹幹和根部儲存大量的澱粉，歷經寒冬後，到了春天這些澱粉轉化為醣類儲存於樹幹汁液中，流回樹枝供應幼枝新葉發育所需的養分。雖然台灣的楓樹無法製成楓糖，但青楓的外國親戚中同是槭樹屬的糖楓樹（主要是Acer saccharum），卻能夠生產楓糖漿，以加拿大最爲有名。通常在三、四月間，農人會在糖楓樹幹上鑽洞，收集流出的汁液，再加以蒸餾，即可製成楓糖漿。至於最早發現楓樹有糖水祕密的是印地安人，他們劃破樹皮，用刨空的木頭盛接從楓樹幹流出來的糖水，再用陶鍋熬汁提煉成金黃色的楓糖，這是印地安人度過漫漫長冬所需熱量的重要來源。

我抬頭望著花期將盡，仍忙碌穿梭於青楓枝葉間嗡嗡飛鳴的蜜蜂和熊蜂，想著這鮮翠的枝葉裡或許眞有流動的糖分吧！雖不足以製成楓糖，但那氣味，對採蜜的蜂兒們或許仍有十足的吸引力，只是如何能洋洋飄灑一地，對我來說仍是個待深究的謎。（注）

注：後來發現青楓的葉背棲滿了與螞蟻共生的蚜蟲，那飄灑的糖水，應是蚜蟲吸取青楓的汁液後排出的甘露。

夜晚閒步露台，發現地板上一隻四腳朝天的扁鍬形蟲，牠的大顎短而小應是雌蟲，我蹲下來幫牠翻身，竟聽見牠發出叫聲，以爲自己聽錯了，又逗了牠幾下，果眞會「沙啊」地叫著，聲音雖不大但在寂靜的夜裡卻聽得很淸楚，第一次發現原來鍬形蟲會叫呢！

此時露台柱上的夜燈周圍，早已飛繞棲停著許多不同種類的蛾，大大小小各色各樣，有尺蛾、燈蛾、夜蛾、天蠶蛾、天蛾、苔蛾、枯葉蛾……讓人看得眼花撩亂。其中尺蛾最多，我看到皺紋尺蛾、綠翠尺蛾、黑線黃尺蛾、淡紋金星尺蛾，以及像隻翠蝴蝶的白斑綠尺蛾等，而那似一片葉子棲落於地，差點被我踩到的是台灣葡萄天蛾。親愛的T，這些夜蛾不斷地在黑暗中飛向光源，讓自己於光照下展現美麗的姿影；而人類處黑暗時期，尋找光應也是一種本能吧！

已是四月下旬了，緊接著是黃梅時節的初夏梅月，但氣候仍是乍暖還寒，新葉成蔭，老葉遇冷凋零，園子總還是蒙上一層落葉，不知是第幾次的耙落葉了，將聚成小山般的落葉撒入山谷後，彷彿去掉歲月積累的枯萎斑駁，眼前煥然一新，園子顯現出清鮮翠美的怡人景象，而身心靈有如經過一場滌洗，重新接上大地源源不絕的能量與生命力。

親愛的T，此時遠山近處的油桐花也開始飄雪，時序不斷地向前推進，陽光或許被烏雲遮蔽，但從來不曾遠離。「光裡，因驚懼而悸動的萬物／都將成熟，燃燒，一如水果因炙曬而熟透。／我們的問題將會崩解：靈魂將會／穿梭如風，而我們的住所也將／再度乾淨，會有新鮮的麵包在桌上。」（聶魯達詩句）夜行的飛蛾，永遠尋光而去，鍬形蟲靜靜吸食樹液，蜜蜂穿梭的枝葉間，青楓細細灑下的糖液，我想起蒙古人用指蘸酒彈灑天、地及四周，以敬天地諸神，青楓灑露應是對大地的禮讚與祈福吧！

甕裡一片海洋

午後出門散步，行經虎媽門前，她熱情地喚我去看屋旁養在大甕缸裡的睡蓮，又用手撥開蓮葉讓我瞧在水中來回穿梭的美麗魚兒，她說這睡蓮長得好，過年後一直開花到現在。我聯想到魚菜共生的原理，即利用魚的排遺轉化爲養分，由菜根吸收，而植物的根吸收了氮肥後，同時淨化了水，彼此共生互惠，難怪睡蓮長得如此豐美青翠。虎媽又熱心地說下禮拜幫我買五對菩薩魚來，直稱讚這魚兒好養又漂亮。

之後參觀她的園子，有新種的小黃瓜、青蔥、萵苣、九層塔、紫蘇等，一旁的楊梅已密密結出小果實，杜鵑花則吐放一樹豔麗的紅，堅持將熱情延續到夏日。虎媽指著斜坡下幾棵樹，問我長在綠葉間的是什麼？我湊近瞧那由四片綠色花瓣圍著紅色花心的花兒，眞沒見過這樣的花呢！虎媽笑著說花已開過了，是柿子剛結的果實啦！原來那紅色花心是初結的柿子尾端，綠色花瓣則是萼片，乍看之下眞的很像一朵朵的花。

爲了虎媽要幫我買菩薩魚，我特地開車跑了一趟鶯歌，買了一只廣窯上釉柴燒的寬口甕，老闆說冬天冷時還可以當取暖的炭爐。其實我的花園裡已有養牡丹蓮及睡蓮的盆子，但心想若遇颱風來襲盆裡的水滿了，魚兒可能會流出去危及生命。後來有人告訴我下大雨時魚會躲在水底啦！但陶甕已買，是在鶯歌老街一家擺滿古物的商店二樓看到的，很素樸有土地氣息的一只陶甕，甕內壁還有柴燒的煙痕，第一眼看到就入我心了，我想人與物之間應也有相通的頻率，或可稱之爲緣分吧！

我喜歡陶器厚實的質感，山村裡有戶人家的大門口及牆邊也擺放整排酒甕裝飾，春天時當甕旁的茶花朵朵燦麗地盛放，兩相輝映樸雅極了。而沿著山徑而下，初見到松園那只變形的陶甕，安放在布滿青苔的石面上，以爲是裝置藝術呢！相談之下才知道原來是女主人對母親的懷念之物，她說當年家裡窮，母親只能買相對便宜的變形陶甕（應該說是失敗品），做爲醃製蘿蔔、鹹菜等用。如今她生活無憂，但母親卻已不在了，唯一可以懷想、撫觸母親溫度的，便是院子裡簷下石旁這幾只陶甕了。

鄰居的思母之情觸動了我，我想起老家後院裡那一只破了的大甕缸，原本是小時候放在廚房裡裝水用的，卸任後一直擱放在後院，不知何時破了洞，如今從洞口長出了咸豐草，每次回家看到伸出破甕缸，那款款搖曳的白色花兒，竟有一種荒涼而觸動心弦之美，這時總會無由地想起母親，感受到母親煦暖的氣息。因此松園女主人的心情我能感同身受。

甕，也許相逢自是有緣，也許因爲人、因爲生活而有了情感的聯繫，其間總要經過歲月的錘鍊與醞釀，才能轉化成一種溫潤素樸的詩意。親愛的T，這你應該最了解了，我總看你從季節的深處走來，伸手拂去髮上的殘雪，看你燈下星鬢布滿水紋的容顏，或者在古物微塵與苔痕中遇見你……

我在陶甕裡種下了藍色睡蓮，每一花瓣舒展都是藍天下的晶瑩透逸，碧翠蓮葉是十隻菩薩魚歇息的家屋，只見牠們在屋與屋之間悠然快活地穿游嬉戲，對魚兒來說，甕裡乾坤是牠們俯仰的海洋；對我或鄰居來說，甕裡封藏的是一段美好青澀的歲月，經過時間的發酵醞釀而成的芬芳醇醪，每在不經意間打開，那撲鼻的香氣，總會撩起波波輕浪，月光下湧動成一片思念的海洋——

後山的可可農夫

可可農夫當農夫的資歷至今雖然只有四年，但在我眼裡他具備了當農夫的種種美德、吃苦耐勞的勤奮樂天，以及深邃、敏銳、虔誠的心靈。當朝陽從海岸山脈升起時，可可農夫說：「探索日頭，你不用回頭東望，只消遠眺西邊最遠的高峰，是台灣黑熊佇立的大山，也是雲豹奔馳的山林，它早已擁抱金色的柔光，那從太平洋遙射過來的溫暖。我欣然仰望這漸漸熱情的層層山巒，開始一天認眞實踐的日子，實踐和土地互動的美好體悟，雖然不懂天意，但天意始終眷顧著我。」可可農夫常說中央山脈是他的靠山。

從一片荒地開始，他一邊學習基礎土壤、生態學、山野草藥，一邊辛苦地整地，種下可可、紅藜、蝶豆花、洛神花、米豆、秋葵、樹豆以及蘿蔔、青菜等等。每日天未亮卽下田工作，常常忙到日落天黑星月升起，甚至忙到不知今夕是何夕。這讓我想起陶淵明《歸園田居》裡的「種豆南山下，草盛豆苗稀。晨興理荒穢，帶月荷鋤歸。」初次務農的他也和陶淵明一樣，日以繼夜地工作卻仍落得「草盛豆苗稀」的景況。

可可農夫堅持友善耕種，不施用農藥，因此一旦來不及除草，含羞草可能就淹沒了整片花生田。新種下的幼苗常常第二天便被不明動物吃掉一大半，而搭建的育苗室仍擋不住鑽地進出的田鼠囓食；夏秋強風暴雨的侵襲，都讓可可農夫忙得昏天黑地。除此初爲農夫還得面對嘲笑他的農具廠商，帶他來這塊地卻又對外說這地長不出果子的人，欺生的僱工等等，都像是噬血的蚊蟲，嚙咬種苗的蟋蟀，讓除了耕種大地這一畝田之外，可可農夫更得耕耘另一畝心田，他說：「我堅持無毒農法，容忍著不施藥除害，不管是土地或是心靈。」而看著每天被咬斷的幼苗，禿枝落葉，雖讓人心疼，他仍決定包容傷害，取代絕地大反攻。

可可農夫面對種種挫折永遠心存善意與感恩，他轉個念說；「我種的可可樹這樣好吃？每片葉子都被啃噬得如此透徹！」他甚至讚美起蟲食的洞洞葉簡直是件傑作呢！而暴風雨過後，望著那傾倒的、泡水的、流失的農作物，心想既是大自然的演化，自有造物者的美意。他仍以感恩的心採收存活下來的蝶豆花，米豆，紅藜。風雨後的豔陽天正好可以日曬採收的農作物，他珍惜每種天氣的變化中，還有各樣的事務可以忙碌，他的心始終充滿感謝與讚美。在鄉下學農，可可農夫說功課可多得學不完，耕種了幾十年的老農會教他很多新知識，像紅藜阿媽教他種紅藜、如何篩分紅藜米，綑綁稻草等。因此摸索農作一年之後，可可農夫的感言是：雖然收穫不豐，賣出也有限，但身體更強健，也學得某些農業知識，獲得了一些生活的樂趣。

「田園中安靜的工作，是一種幸福。」揮汗耕種並不影響可可農夫對周遭環境的覺知和欣賞，他總是以一雙發現美的眼睛去看待這世界。每天早上他刻意走不同的路去田裡，鄉間阡陌縱橫，即使迷路了，晨光下的風景依然迷人。然後靜看溫柔的晨曦，青山圍搭著美麗的雲披肩，聽一曲鳥叫蟲鳴，坐擁一片可可夢，迎接美好一天的開始；彷彿儀式一般，下田前欣賞朝陽的美，接下來的農務，即使汗流浹背也讓他心滿意足了。爲了讓百香果藤蔓舒展，不斷追加竹子支架，他說像是玩積木疊疊樂，其中深藏著樂趣。到了黃昏一邊農忙，一邊仍不忘賞景，大山上的雲，變化多端，檳榔樹上的天空，清新爽朗，這都是可可農夫晚餐前幸福的前菜。而部落裡的公共電話、舊式豬舍，都在他的懷舊、建築美學裡。

炎炎盛暑，看著門前栽植的花木，其間大多為可可苗栽，被豔陽曬得憪憪然，萬物有情，可可農夫於心不忍，遂將田間的稻草束帶回，立於苗栽西側以遮蔭幼苗，鄰人看了笑說是本街的裝置藝術。夜半遇雨敲窗，農夫聽著心喜，播下的種子都能得到滋潤了。他在農曆九月十五日，寫下一夜秋雨潤澤田地，蝶豆花開的歡欣情景：

深夜秋水柔，幾度聽雨忘愁，不覺晨曉陽光透。
玲瓏露珠，潤遍青青草坡，紫花滿庭，綠苗盡抽。

遠山白雲出岫，氣氤氳，嵐隨風走，飄搖入心頭。
蜂蝶舞，百花蜜香誘，蓊鬱穿千疇，小農捧腹迎風走。

可可農夫除了文筆佳，可謂多才多藝，他是手繪、陶藝能手，更早他曾是泰國清邁餐廳的主廚，也曾爲艋舺老舊旅社注入人文元素，改造形象重生。認識他時是二〇一六年春天我的畫展會場中，那時他是合格的推拿師，在台北通化街開設整復保健中心，沒想到九月時他竟跑到花蓮光復鄉去當農夫了，這疑問一直存在我心中。在後山除了耕種外，餘暇時可可農夫也沒閒著，他致力於可可、巧克力的研發，那年秋天他跑到屏東的可可農家取經學習，也採買預備了兩百多棵可可樹苗，彼時的他內心充滿著製作巧克力的夢想。隔年春末，他大膽地發酵了可可豆，跟著老師教授的技術，一個人在光復屋子裡埋首研究，從兩次發酵工序、日曬、烘焙、去殼、磨粉，成爲可可膏，再控溫灌模成型，最後完成了香濃的巧克力。他說：「如果我不在田裡，就是在工作室裡安靜地做巧克力。」

隨著農作的收成，可可農夫的巧手也創產出各種手作的農產品，如蝶豆花茶、紅藜香鬆、柚子醬、洛神花蜜餞、洛神花露，甚至漢方麻辣醬等。他也幫其他的小農推銷農作物，大概只有農夫最能了解農夫的辛苦吧！今年因疫情關係，屏東果農單親媽媽盛產的芒果無法外銷，難以養家，他遂幫忙買來烤成了好吃的芒果乾。可可農夫說每樣農產品都充滿了生命的故事，他爲手作產品親自繪寫標籤，每份皆不同，他不以爲苦，獨自在夜裡安靜地繪寫覺得也很療癒呢！他也結合過去的專長，以當地食材爲主設了農夫廚房，並應其他單位之邀教授他的創意料理。

陶藝一直是可可農夫二十年來無法忘懷的事，他加入了花蓮陶藝學會，正好所處的馬佛社區留有荒廢的磚窯場，民國九十九年文化部執行「新故鄉計畫」，指導社區以當地泥土製陶，結合天然釉料，開啟了「馬佛陶」的歷史。他如魚得水，除了創作外也教社區老人捏陶，甚至到圖書館、教會等地教陶藝。有次在牧師咖啡的聚會中，教導鬱金香動作障礙關懷協會的會員陶藝。他看著罹患巴金森氏症的長者，第一次玩陶，手的協調，腦的平衡，都受到某種程度的挑戰，他期許著藉泥土的溫柔能安慰他們，塑型的技巧能啟動他們內在的藝術動能。他說：「生病了，身體軟弱，不舒適的狀態，只有自己知道。但心情的愉快，生命的積極度，對世界萬物的熱情，對世人的愛，卻是自己可以決定的。」他認為生病，也是生命的一種祝福。生活中，有一片好風光。生命中，也需如此。

可可農夫在當農夫之前即熱心於各種公益，十年前他到泰北旅遊，看到當地的華人學校書籍資源極爲缺乏，於是回台後發起了「傳播愛的文化——送書到泰北」的募書活動。這些年來他仍持續和書商做朋友，推廣讀書愛書惜書捐書給需要的地方，從泰北到澎湖再到馬佛。他也協助社區小學自行車環島義賣活動，並在暑假開設生活營教孩子們做巧克力、沙拉及陶藝，協助農村再生計畫等。今年初肉品大廠卜蜂預計在花蓮壽豐、鳳林、光復設置六處養雞場，引起當地居民組織自救會極力抗議，可可農夫亦參與「馬佛，不要養雞場！」的抗議活動，他說拒絕養雞場進駐，就是不要汙染，不要危險，不要破壞環境，不要玷汙水源地。所幸六月二十三日花蓮縣政府終於以未善盡溝通責任，宣布對卜蜂撤照。

夏日一趟花蓮之旅，最想拜訪的是可可農夫和部落的馬佛窯場，因而可可農夫爲何跑到後山去務農的疑問，也終於解開了。他說當初去學推拿是爲了宣教深入社區服務老人，後來在推拿的過程中發現左右手的施力明顯不均，於是輾轉看了幾次神經科醫生，二〇一六年四月確診罹患了「巴金森氏症」第一期。面對病痛的打擊，他仍心存感恩，慶幸自己能提早發現罹病。

巴金森氏症是一種影響中樞神經系統的慢性神經退化疾病，主要影響運動神經系统。除了吃藥醫生要他持續穩定地工作與運動，多吃黑巧克力協助自體多巴胺的分泌。在尋找天然優質的黑巧克力當中，他發現台灣的可可豆種植正在起步，遂萌生自己也來種可可樹的念頭，正巧此時朋友邀約到花蓮買地種田，最後選擇落腳於光復鄉這塊依山傍水的阿美族部落馬佛社區，成了全職的農夫。他說：「堅持理想，盡諸般應盡的義務，四年時光是這樣過來的。當我做這些事的時候，我感覺身體好了，根本忘了我的病。」

可可農夫眞誠地面對生命，熱愛且深入思索各種生活況味。他看到表演完的魔術師低頭坐在花蓮街角，心裡想著的是大戲落幕時，最大報酬實是孤獨，當你以爲不擅於面對大衆，原來最不擅長的是面對自己，在孤獨的時候，練習，在下一刻孤獨來臨之前，壯大自己。「山居生活陶泥忙，農耕歲月百花香。窯火升溫柴入灶，原礦洗土漫小塘」，是可可農夫對日常生活的描寫。捏陶過程裡他體悟到：旋轉中的盤子底層，看似靜止，在動靜之間，你必須決定，如何改變，進而到下一個平衡。而動靜之間，你在哪一個平衡點？

堅定的信仰是可可農夫心靈最大的支柱。「我知祢一直與我同行，雖我看不見祢，但內心極其渴慕……在大山與大山之間的我並不孤單寂寞，在田間我知祢依然與我同在，面對大地我仍能看見祢奇妙作爲，我仍可在施肥整地翻土播種時敬拜祢。祢的大光一直籠罩著我，在花東縱谷間，在那夜的床前——」看著抽芽的糯米玉米，直挺挺地向天空舒展，花式噴水在可可田中花枝招展，搖曳婀娜的水花，可可農夫忍不住呵呵地笑了。他說：「我抽離了都市人的靈魂，注入農村人的芬芳，眼睛終於明亮，晨曦接引夢溫柔地熨燙心房，朝陽第一道燦爛從頭頂澆灌，踩著青草，軟軟的陷進泥土香中……」

我總想著可可農夫一個人怎麼能做那麼多事啊！我們卻常耗費大半生於無謂的忙碌中，多少人被自己的欲望、情緒、病痛、失意等所綁架，生命的光照日漸微弱，既照不到自己更遑論及於他人。在可可農夫身上，我看到關愛利他的胸懷，對生活對人的熱愛與珍惜，永遠心存感恩，雖身陷困境仍然手持正能量的火把，點燃自己，淋漓盡致地發揮潛能，成爲清晨最柔美慰藉的光，黃昏最燦麗動人的光，唯有光能招引光，在中央山脈與海岸山脈間的花東縱谷，我看到田間汗滴的可可農夫沐浴在一片天光之下——

天芳夜曇

夜一寸寸地綻放，皎皎月光千瓣，
懾人的光華層層開展，頓時，風起無邊幽香，
一葉雪舟，自深心處划出，花柱迎風前引，
只見，每一絲浪尖猶佇著一顆顆智蕊。

自夏入秋，院子裡的曇花不斷地開開謝謝，看那葉狀莖凹緣處一一垂掛的花苞，逐日飽滿，已能判斷哪些會是當晚上場的主角了。大約晚間八、九時，花筒尾端微動漸開，絳紫色的萼片悄悄外張，隨之絲質般

雪白舞裙優雅地綻放，花瓣中心有並列伸出的蕊柱，著實美得懾人心魂！賞花者不由得看得入迷；明李昌祺《剪燈餘話》裡言：「坐穩蒲團忘出定，滿身香雪墜曇華。」大抵如是。唯子夜過後，花朵很快就閉合凋萎了！

那在黑夜裡月光下悄然綻放的皎潔之花，散發出迷人的清香，總有一種衆睡獨醒的出塵脫俗，因而曇花有月下美人之名，而在鄉間老一輩人則稱曇花爲瓊花。曇花屬仙人掌科，多年生肉質植物，生命力極強韌，老枝爲圓柱形，新枝爲扁平形綠色葉狀，一般人常誤以爲是葉子，其實乃扁形的莖；六月至十月間，夜裡常可在院子裡、屋牆邊看到她玉潔芳美的蹤影。

根據記載，曇花又有韋馱花之稱，總在黎明朝露初凝的那一刻才綻放。相傳曇花和佛祖座下的韋馱尊者有一段感人的故事，曇花原來是個花神，負責四季花朵燦放，卻愛上了每日爲她澆水除草的年輕人，玉帝得知後大為震怒，為了拆散兩人，便將花神貶為一生只能短暫開花的曇花，又把年輕人送到靈鷲山去出家，讓他忘卻前塵，並賜名韋馱。多年過去了，韋馱果眞忘了花神，潛心習佛漸有所成，可花神卻忘不了他，她知道每年暮春時分，韋駝尊者都會上山採春露，給佛祖煎茶，為了能見韋馱尊者一面，便選在此時開花。遺憾的是，年復一年，花開花謝，韋馱終究不認得她！於是有了曇花一現只為韋馱之說。

曇花卽優曇花的簡稱，優曇花是梵文udumbara，音譯為優曇鉢羅，意譯則為祥瑞靈異之花。傳說轉輪王出世，曇花始開，而轉輪王需八萬四千歲才出世，可見曇花開花實屬萬載難逢。另有說優曇花乃天花，只天上有，凡間則生長在喜馬拉雅山上，三千年才開一次花，並且很快就凋謝了。《法華經方便品》云：「佛告舍利弗，如是妙法，諸佛如來，時乃說之，如優曇缽華，時一現耳。」言佛說妙法如曇花一現可遇不可求，稍縱卽逝，錯過了就不知要等到何時了。

今人所謂的曇花（Epiphyllum oxypetalum），和中國古代所稱的曇花應屬不同。今日所見曇花原產於中南美洲熱帶沙漠區，白天乾燥高溫，爲避免強烈陽光的曬烤，嬌美的曇花只好選在晚上開放，沙漠地區晚間八、九點正是昆蟲活動頻繁之時，故此時開花也最有利於授粉。子夜以後氣溫降低，卽不利昆蟲活動了，加上爲了減少水分的流失，因此只能短暫開花三、四個小時卽謝，這是在漫長的進化過程中逐漸形成的曇花特殊習性。

山村鄰居有一片曇花石牆，每逢花期，數百朶曇花一夜齊放的景況極爲壯觀，彷如夜裡一束束的光，擊退了黑暗，益加顯現其不染塵的皎潔瑩白。昨日才跟鄰居聊起開過的曇花可以煎蛋、清炒、煮湯、做冰糖曇花飲等。今晨打開院子前門，就見到一早散步經過的鄰居，已剪了一大束昨夜剛開過的曇花放在門前，我驚喜地將它暫放在露台欄杆上，已閉合的花朵依舊美麗動人，映著陽光及遠處的白雲青山。

親愛的T，年年花開因你，花謝也因你，此情此景雖靜好，終卻不久留，一頁頁翻過的日子如一朵朵開謝的曇花，這般地迅急，猶似夏夜裡劃過天際的流星，我們能留住什麼呢？或許生命應該超越世事的無常，如那月光般皎皎曇華，在黑夜裡，照見自己的純淨無染。

想飛的豆

初夏時在石牆邊李樹旁發現了一株幼苗，由於去年曾在原處種過蝶豆，觀其樣子也像，想當然爾就認定爲新生代的蝶豆苗。去年那株蝶豆長得並不理想，只草草開過幾朵花就枯萎了。於是我將幼苗移植到園中陽光較充足之處，並找了幾根竹子，幫它搭了個簡易棚架，以讓藤葉攀爬。

日子一天天翻過，只見弱小的幼苗慢慢伸展細細的藤蔓，攀著竹架努力地往上爬，有時被風吹落地面，好幾次我輕輕又將它扶上竹架。隨著夏季遠去，秋風在樹林裡翻動著葉浪，竹架對面的觀音蓮突然醒了，高高擎起美麗的蓓蕾，花苞逐日碩大飽滿，終於壯麗地盛開又隨之謝落滿地。而小幼苗已茂盛茁長爬上了竹架頂端，我注意到它是三出複葉，且呈稜狀卵形，與互生的羽狀複葉，葉形較橢圓的蝶豆，似乎並不相同，如果不是蝶豆，那會是什麼植物呢？我看著竹架上一片青翠綠葉，在陽光中隨風擺動著，心裡的疑惑，恐怕只有耐心地等待了。

這心情有點像大前年園子裡也莫名地長出一棵不知名的植物，剛冒出芽時我試著撥開泥土探察，看到的是扁平橢圓型的種子，遂好奇地想知道這到底是什麼，於是任由它自長自成。春去秋來經過了一年多，它已長到及腰高，卻只見綠葉，未有開花跡象。去年春天，外子整理園圃看著它說：「可能是雜樹，不會開花就砍除吧！」我回說再看看，心裡也有些動搖了。我想植物一定有耳朵，它似乎聽到了，那年四月竟然結苞開了一樹燦麗的黃花表明身分，原來是硬枝黃蟬，之前只知道有軟枝黃蟬，卻不知黃蟬還有灌木品種，而它長滿刺的球形蒴果，常讓來訪的朋友誤以爲是紅毛丹呢！

那株被我誤認爲是蝶豆的植物，十月中旬藤蔓末端開始結苞，我的等待逐漸有了眉目，終於在十月末尾，它綻放出了朵朵淡藍紫色的花，鄰居看了說是翼豆，只見滿竹架的翼豆花，在晨光裡如此地清新柔美，動人極了。答案揭曉，原來我種的是一株翼豆呢！至於爲何蝶豆變成翼豆，仍是個謎，就像爲何硬枝黃蟬的種子會飛到我的園子裡一樣，我也不曾種過翼豆，在這海拔將近五百公尺高的山林，也許只能歸之於禽鳥或風，當然也可說是各種因緣和合的結果。而翼豆又名翅豆，跟蝶豆一樣，名字裡彷彿都有翅膀，我突發奇想，有翅膀的豆或許也想飛吧！

可知眼睛所見，並不一定就是我們所認爲的，表相不代表眞相，植物如此，人世間未嘗不也如是，有時數十年以情義相挺的朋友，一朝遇到境時才恍然發現原來是自己錯認了；那遊蕩街巷間兀自高歌或喃喃自語者，被誤認爲是瘋癲的流浪漢，事實竟只是個失去妻子，家境優渥的深情自我放逐者；日常生活裡我們也每每於無明之中，錯認了自己而不自知吧！時間最後總會給出答案，浮現出眞相來。

親愛的T，我終於了解，看得見的不意味著眞實存在，看不見的也不代表不存在。豆子想飛，憑藉鳥，乘著風，那落入泥土的種子，懷著希望與正念，始終背離黑暗，尋向光所來處，有朝一日破土而出，伸展出兩片欲飛的嫩葉，向上便擁抱了整個天空——

凋零與盛開都在風的兩袖間

歲末年初寒流迭起，山屋四周的落葉厚厚地鋪了一地如毯，其間大多曾是枝頭上金燦紅豔的楓葉，飄落地面後光彩減損呈現的澤色有種無言的滄桑，反倒更耐人尋味。園子就任它落葉繽紛也是美，但露台還是需要打掃的，只是剛掃淨，風一起三三兩兩的落葉又來報到，落葉未盡似乎永無掃淨之時。有時掃著掃著恍如自己是那個掃地的小和尚，面對紛紛而下的煩惱落葉，一心一意專注地對治清掃。

山屋位在樹林旁，因此落葉種類繁多，仔細端詳除了常見的青楓之外，還雜有楠樹，樟樹、油桐、肖楠、山黃麻、鵝掌柴、裡白蔥木及不知名的樹等，甚至偶而還有來不及盛開的花朵呢！日前打掃時發現一截青綠的柳杉，應是被風從林中帶來的，一般多爲褐色的枯枝及毬果，如此青翠就被摧折，可見朔風野大無情，它夾雜在落葉堆裡格外地顯眼。柳杉過去曾是台電做電線桿的木材，塗上黑色柏油，不但超級耐用，還能防蛀蟲侵蝕。後來電線桿以水泥柱取代，木材電線桿便逐日少見了。山屋後方的路旁曾有一排高大柳杉，終年鬱綠，記得初來第一年的冬末竟罕見地下起雪來，高聳的柳杉覆上一層白雪，凜立於寒風中猶如一排英挺無畏的侍衛，那景象著實令人難忘！

冬日落葉喧譁似風，唯那落花像雨，總是靜靜地飄下，一不留神便撒了滿地，如那愈冷愈盛開的梅花，如那自高高枝上飄旋而下的烏心石花兒，這裡那裡地鋪了一地潔白花布，有時交織著褐、黃葉，布色又更豐富了。它們落在園中小徑或山路上，人輕輕走過有一種恬淡幸福的飄然。此時山櫻日益飽滿的花苞正在枝椏間蓄勢待發，有一些忍不住捷足先登已盈盈於枝頭上嫣紅地笑開了！這是一場接力賽，雪白的梅花間抽出了嫩綠的新葉，花與葉將會在某一個時間點完成交接。而依序接棒的是櫻花、桃花、李花、杏花……如同四季之嬗遞。

親愛的T，幾經寒流的侵襲，有些植物經不起如此折騰而顯得格外枯黃荒槁，但流連山村間總能聽到一些音符自垂止處輕輕揚起，其中最爲宏亮的是美麗的山茶花，或粉或紅飽滿健碩而神采奕奕，在山村人家的門前、院子以及路旁，逐漸將歲末唱暖。我被路邊的一棵變葉木所吸引，灰白的枝幹間，紛然向上生長紅黃細長的葉子，彷彿冬天裡燃起的火苗，向天地昭示永不止息的盎然生息。

啊！凋零與盛開，都在，風的兩袖間。凋零是捨，是喜的醞釀，盛開也終將化作春泥還護花。親愛的T，我仍在掃地，落葉漸稀，將眼前心上那各色各樣的落葉清除，還歸於塵土。待明日，掃淨的心地將有天光雲影走過，萬紫千紅娉婷駐足，群樹百鳥歌唱，清風明月低吟，那時將與你憑欄遠眺，看日出日落，風起雲湧，波瀾不興。你來過，我們都來過，空淨的露台卻不留痕跡，彼時春天已然降臨。

果實與螢火

清明節過後，山上鄰居們開始忙著採摘那一樹樹鮮綠誘人的梅子，有些鄰居沒空採收，還得請其他鄰人幫忙，否則一樹的梅子任由它掉落滿地，豈不可惜了。山上的梅樹大多有二十多年的歷史，枝幹蒼勁曲美，花開芳姿自不用說，結實又是另一番風景，只見綠葉間串串纍纍的果實，彷彿昭示大地的豐饒。村中最盛產的一棵梅樹據稱可以採下兩百斤的青梅。我家的梅樹算是小孩子才六歲，今年共採了一百二十幾顆梅子，對初嘗收穫的我們來說，已是欣喜莫名了。

今年雨水少，果實結得特別茂盛，春日山野漫遊歸來，看到三兩鄰居正在採梅，忍不住也去湊熱鬧，孩子隨手摘了一顆，我來不及警告他已放入嘴裡吃了，竟然還說好吃，不會吧！青梅要經過處理才能吃，但看孩子的表情不像說謊，怕酸的我也好奇鼓起勇氣摘了一顆咬下，果然酸澀無比但齒頰間漫著清脆的鮮美，孩子所謂的好吃大概是他嘗出了那鮮脆味吧！自家梅子採完又幫別家採，鄰居們利用假日陸陸續續採了一個月，眼看油桐花開了，螢火蟲來了，五月初，滿山盛開的桐花因一場雨而逐漸融化，採梅的活動也終於告一段落。

此時，新採的梅子已多到要分送懂得製梅的朋友。梅子的製作方法分爲脆梅、紫蘇梅、Q梅、梅酒、梅醋、梅子酵素等。我家首次自產的梅子由剛退休的姊夫帶回去做脆梅，專長製作飛機的姊夫發揮念理工的研究精神，從網路上找資料參考學習實作，完成了四小罐脆梅，鄰居長期以來都成了品梅專家，個個吃了皆點頭稱讚，的確剛摘的青梅馬上製成脆梅，那滋味怎一個「脆」字了得！

看著每個人吃得讚不絕口，最有成就感的應該就是姊夫了。製作脆梅其實是非常費時費工的活兒，必須歷經以粗鹽搓揉的殺青過程，再一一敲裂，然後鹽漬八小時後，反覆清洗去鹽分，再漂水六小時後瀝乾，加入煮好放涼後的糖水浸泡八小時後倒掉糖水，如此重複步驟到第三次，一樣泡糖水八小時就可以裝罐放入冰箱大功告成了。我自忖沒耐心這一套工法，鄰居也做較省事的Q梅、紫蘇梅及梅酒，學佛的姊夫大概把這過程當作修行吧！故而初次製作脆梅就有這麼好的成績。而我每吃一顆可口的脆梅，想到背後的辛苦，總是要心存感恩。

梅子之後，樹葡萄、水蜜桃、李子等就上場了，那全身掛滿了翡翠珍寶的樹葡萄，是所有果樹中最顯貴氣的，而村中有棵公認最好吃的桃接李，近年成了松鼠的最愛，大夥兒每次經過時總要抬頭張望聊聊它。前日聽到鄰居太太看著地上吃了一半的水蜜桃，還稱讚松鼠聰明懂得吃較紅的那一面呢！至於下方那棵眾望所歸的李樹因果實尚未紅熟，故暫時得以保全。站在鄰居C的露台上，看屋前李樹上那飽滿翠綠的果實在風中緩緩搖曳著，感覺實在太療癒了，我打趣對主人說：「你拜託一下松鼠，留一些給我們吃吧！」

山上的果樹只要不酸澀，大部分都成了蟲蟻鳥獸等原住民的食物，尤其去年冬天連續幾波超強寒流，加以山的另一邊有人大量砍樹，造成許多動物失去了食物源。於是我們不在家時，發現山羌就大剌剌進園子當自己家，舉凡地上種的植物，除了極少數或屬香草類不合牠們口味外，幾乎所有莖葉無一倖免，甚至連虎尾蘭、葉緣有刺的龍舌蘭也吃。植物失去的莖葉還會再抽長，如果能讓山羌暫時不挨餓仍是值得的，看著尚未恢復盎然生機的園子，我們常這樣安慰自己，其實山上鄰居們都很有愛心，有的還特別帶木瓜上來給藍鵲當點心。

大自然的和諧來自於愛、善待與共享，如果連動植物都無法生存，人類勢必也將受到牽連。親愛的T，年復一年，悄無聲息地流逝，我總在後追趕著你。如今想著植物無私地貢獻了它的果實，而我們能奉獻些什麼呢？望著園子裡草叢間點點飄閃的螢火蟲，縱使渺小如螢，至少也能發出一點微光吧！詩人周夢蝶曾說：「一隻螢火蟲，將世界從黑海裡撈起。」是的，一點一點的微光聚集，終將形成一道最璀璨而美麗的風景。

草間傾聽泰戈爾

拔草，很簡單的動作卻很療癒，應該說只要專注地做一件事，便能屏除外界的紛亂，讓心逐漸靜定下來，甚至達到渾然忘我的境界。而拔草又能在短時間內將蕪雜化爲淨整，更有及時的視覺成就感。

整個早上五色鳥叩叩叩地在林間敲著木魚，盈耳的蟬唱頓時成了背景樂。我蹲在園子裡拔除滿地生機盎然的草族，幾陣梅雨之後更是快速抽長，酢漿草、蛇莓、昭和草、倒地蜈蚣、腎蕨、土香、馬齒莧、咸豐草……等。我特別將拔下的魚腥草另放籃子裡，因之前的久旱，魚腥草尚未能盡情舒長，葉子顯得瘦小，我只好連根一起拔，當然根部也不夠鮮肥。以前老嫌它們長得太肆意到處侵占領地，今年卻期望它們快快長大。人常常在擁有時不覺珍惜，一旦失去、缺乏才知其可貴。

魚腥草又名蕺菜，是多年生草本植物，因採摘時會散發類似魚腥味而得名，台語稱「臭臊草」，其實加熱後不但無腥味反而有一股清香，客家人則以其葉形而稱它爲「狗貼耳」，日本人看它有多種保健功效而喚「十藥」。主要生長季節爲春夏，是夏天常見的青草茶，也可煎蛋、煮湯當野菜或做中藥。雲南長大的朋友說，它的根部在當地常用來做開胃的涼拌，即將根搓洗乾淨，切一到〇．五公分小段放入臼中，加入小塊薑、生辣椒、香菜、鹽和炒過的花生（小半碗）全都和在一起搗碎即可。最早記載魚腥草是《名醫別錄》，而《本草經疏》中：將魚腥草搗汁服用，可治療肺癰（化膿性肺炎）。中醫認爲魚腥草味辛、微寒、歸肺經，有良好清熱、解毒、利濕、抗菌、抗癌、抗發炎等作用。平日居家以魚腥草、薄荷、紫蘇等泡茶喝，能補氣養肺，若再加上西洋參和黃耆則可平衡魚腥草、薄荷、紫蘇偏涼的藥性，是增加免疫力很好的防疫保健茶。

草葉下其實是一個生態豐富的世界，那驚跳而走的樹蛙、彈躍的蚱蜢、成群的螞蟻雄兵、挖洞築巢忙碌的紅腳細腰蜂，或者被食空軀體的昆蟲、掉落的蟬衣、散覆一地的落葉，這動與靜形成一種對比，默默示現著生和死的樣貌。我直起腰看著飛舞的鳳蝶，一隻蜜蜂黏繞著我打轉，像個頑皮小孩揮也揮不去，交尾的豆娘在光亮的陽光中相攜飛旋，桃粉的野牡丹燦爛地綻開笑顏……「生如夏花之燦麗，死如秋葉之靜美。」腦海中突然浮現泰戈爾的詩句，熟悉的字句讓我忽有所思，停止了拔草工作，仰首傾聽樹梢間風起撥響的呢喃與嘆息。

親愛的T，年輕時讀此詩句，只覺充滿詩意的感動，理解是很直接的，而今深感要達到此境地實屬不易啊！生如何似夏花之燦麗？是年輕緋紅的臉龐、閃亮的眼睛、充滿熱情與行動力、勇於實現夢想的堅持與勇氣，如那豔紅的玫瑰散發迷人的色香。或者鬢已星於僧廬下聽雨，穿越世間外顯的功名色相，尋求內在真正的清喜心安，自紛亂的天光水影中照見本然面目，如那清雅無染的蓮華，縱使在風中在水裡，仍是一派恬淡悠然地綻放芬芳。而死又如何似秋葉之靜美？多少人在死亡面前充滿驚懼怖畏、或貪愛不捨、或滿懷憾恨，唯能真正放下知所歸處者，如那離枝的秋葉隨風飄落歸根，始有靜有美可言。靜美並不是全然的冷寂枯萎，應是醞釀積養，是化作春泥還護花的安然悲心，是另一段旅程的等待。

玫瑰熱情豔麗自是迷人，蓮華澹淨脫俗有其韻致，它們是生命不同階段，由外向內的追尋，心靈若能安然自在似蓮華，或許才能眞正圓滿如夏花燦麗的一生吧！猶如那唧唧急急飆歌的蟬嘶，烈烈昂揚分秒賣力，爾後無論完成或未完成，終將聲盡力竭跌落草叢，等待再一次的輪迴。而隱於林中的五色鳥，幾響叩叩叩　叩　叩叩的木魚聲便能將一切喧鬧轉爲安定清涼。親愛的T，當死亡逼臨時，我祈願看到那片辭枝的落葉，輕盈乘風，充滿感恩地俯吻大地，不是荒涼的滅寂，而是隱約一抹微笑的安恬靜謐——

黃昏印象抒情

熾熱的日光慢慢地柔和下來，之後摻入一點淡金，又逐漸加濃而成一片亮黃，灑落大地，抹上山巒，相對暗面遂顯得深刻而立體；反光於樹幹上是耀眼的淺麥白，又在群樹葉間晃漾，傳遞風的呢喃輕語，彷彿流動的旋律，漫過尖屋頂，湧上欄杆，映影於水亮的露台上，園子裡的花花草草如癡如醉地都蒙上了一層暉光。最愛這樣的時刻，看一輪落日從山的斜坡緩緩步下，坐在樹梢上歇了會兒，又轉身向天邊走去，直至背影消失於山的另一邊，只留下相伴的霞雲，或濃麗或淡雅兀自揮灑渲染天空——

那短暫的輝煌時刻，總是令我戀戀低迴不已，披一身夕暉倚欄遠眺，手裡一杯咖啡或茶，時光彷彿乘著歌聲的翅膀，溫煦悠遠了起來——年少時，傍晚喜歡獨自沿著村外的田野漫步，夏日看夕陽下金色稻浪一波波地翻湧，冬天看一縷金光閃爍在比人高的玉米穗花上，風來四周的玉米田便沙沙作響，踽踽田野中，單純的心只顧耽迷眼前的美景與浪漫思懷。高中到鄰近的嘉義市就讀，首次搭乘火車，便愛上車窗外那不斷飛逝的景色，尤其放學回家的途中，坐在車窗旁凝望著那一路跟隨在後的落日，與斜暉籠罩下唱盤般旋轉的嘉南平原，此時亮燦的光抹上了我飛揚的髮，我的白衣黑裙，我青春善感的臉龐，以及眼前腦海裡旋轉出的樂音……

北上讀書、工作之後，搭乘的火車也總在黃昏裡抵達故鄉小鎮，父親早等在車站出口，然後坐上他的野狼機車，父女倆奔馳在綠色隧道般的木麻黃村路上，染金的風在樹上葉間閃爍，路兩旁是一望無際靜謐的田野，當時從未意識到這是多麼幸福的時刻，足夠供往後的日子一再地回顧。

父母健在時，寒暑假總會開車帶著孩子回老家住上一段日子，往往接近家鄉時大多已黃昏，只見綿延筆直的高速公路上灑滿了金光，彼時的我彷如被一條金燦燦的輝煌大道引領著回家。而假期結束北返時，常依依不捨地直拖到黃昏才啟程，母親總會剪幾枝抹草放在駕駛座前祈求平安，準備了切好的水果和食物，然後站在屋簷下揮手向我們道別，我看著夕陽餘暉映照著不斷叮嚀的母親，那景象成了掛在歲月裡一幅最溫馨的畫面。

是的，黃昏總是美好的，充滿了回憶與溫情，它不同於晨曦是進行曲，是啟程，是昂揚的鬥志；黃昏是奏鳴曲，是抵達，是歷練後的從容。在北部的花園新城，每到黃昏對面的山寺會傳來陣陣的鐘鼓聲，於山谷間悠盪著，直至暮色漸落，我在屋簷下點起一盞燈，安然地迎接夜晚的降臨。來到山村，當黃昏的霞彩逐漸淡遠，站在露台眺望對面那如獅子蹲踞的獅頭山，它曾經是台灣十二勝景之一，也是著名的佛教聖地。日治時期佛教僧侶利用現成天然岩壁洞穴興建寺廟，陸陸續續有十八座寺庵之多，各寺間藉石磴互通，從獅頭至獅尾有五公里，山勢高低起伏，沿途古道清幽林木蒼鬱。我想像此時獅頭山中各寺鐘鼓響起，迴盪在天地之間，群峰之上——而當夜晚來臨，仍習慣性地轉身捻亮簷下的燈盞。

親愛的T，我沿著漸淡的日光，走向黃昏，那溫柔的暉光一路輕吻走過的足跡，坐在山野金色的旋律裡，塵音漸息，風悄然來去，我靜靜搓捻長長的一生，尋索那不滅的燈芯，它將不因天暗下來而燃盡——

深秋微雨看花去

東北季風吹來，一波波颯颯地越過了林樹，暖熱的夏日就突然翻頁了，涼寒的秋天終於現身，其實此時已是深秋時節了，櫻木林中的葉子即將凋落殆盡。據說「霜降」若晴將迎來暖冬，如果下雨，則會有個寒冷的冬天。山中入夜已覺寒意襲人，大概是冷熱驟變，相對感受上特別敏銳吧！

下了一夜雨，清早起來仍綿綿淅瀝不斷，在露台積水處濺起小小的水花，濛白的霧嵐由遠而近，薄薄地輕覆山巒，看著欄杆前那一棵洋紫荊，靜靜在風中或快或慢地款擺，凝視久了竟恍如慢動作般，每一朵花每一片葉在與風擦身的剎那，彷彿充滿了無盡的深意和動人情韻，心亦爲之陶然。露台上的水光映著欄杆，縱橫的構圖中，一朵紫色睡蓮於陶甕裡仰著臉迎著雨露，猶如在一幅畫中。我轉頭透過玻璃窗望見園中一簇粉紅鳳仙花依舊燦美的盛開，忍不住起身走入微雨裡。

潤物秋雨細無聲，喜歡看雨中的花木，益發鮮翠清麗，今年特別晚開的夏堇仍然盛放、粉紅的玫瑰、紅豔欲滴的櫻桃、淡雅的紫苑等等，還有朋友送的睡蓮，我將之與其他睡蓮放一起，結果同甕的睡蓮沒開，它竟開出了嬌柔纖巧的小花，中心黃色，花冠裂片雪白，花瓣緣絲狀，怎麼看都不像睡蓮，但葉子卻又極爲相似！一查之下才發現原來它叫金銀蓮花，又稱一葉蓮、印度蓮、水荷葉或白花莕菜等，雖有蓮花之稱卻不是蓮花，是一種睡菜科莕菜屬多年生的浮葉水生草本植物。一甕想像的睡蓮卻開出完全意料之外的小白花，大自然處處有驚奇。始知人常依自己的經驗印象與有限的知識，便對事物妄做判定，以爲理當如此，甚至執持而認爲他人非，然而是非對錯豈是個人心中的認定或眼前所見？就像那似蓮非蓮的金銀蓮花。

園中有一棵龍葵長得極好，應是鳥來種，起先不知是何種植物，靜待它長大才確定是龍葵，在鄉間稱它爲「黑籽仔菜」，可當野菜。緣於懷舊之情遂任其茁長，慢慢地看它開出細小的白花，結出圓亮由綠而轉紫黑的漿果，這可是小時候田野間常見，孩子們隨手可摘採的小零嘴呢！如今已長有半人高了，姿態尚稱優美，有時也會隨手摘一顆往嘴裡送，微甜的滋味是童年的滋味。我突然駐足於後園中一方栽種的芋頭旁，這芋頭種了一年多，因不知何時可收成就一直放著，只覺得田田青翠的芋葉也挺美，此時片片綠葉上或密或疏，或大或小滑滾閃動的水珠，碎鑽般皎皎閃亮，我驚歎著看呆了，芥子納須彌，一沙一世界，這映著天光晶潔無染的水珠兒，顆顆都是淨土吧！

翻山越嶺而來的東北季風夾著雨絲，今年應是寒冬了，濡濕的露台覆著蕭蕭飄下的落葉，顯得蕭瑟荒涼，依稀昨日才盛夏啊！轉眼天地已變色，朝如青絲暮成雪，歲月倉惶，人世禍福難料，尤其近兩年疫情蔓延，天災頻傳更感人世生活格外艱辛。親愛的T，你一襲淺亮灰衣，眺望的眼睛顯得有些憂心，我彷彿看見迷濛的衣影之間，風來閃現著衣上織錦的洋紫荊花，淡淡的粉紅，優雅而嫻靜，在細雨中輕輕地搖曳，忽見一隻色彩斑斕的蝴蝶悠緩穿飛其間，復又消隱於煙嵐中。雨珠讓歲月的容顏更顯動人，陽光的指尖彈奏出關於堅持的美好樂章。「晴天也好，雨天也好。」簡單的話，卻是最好的心境。

大雪前的陽光日

近日低溫，山中尤其寒冷，前日鄰居PO出車內儀表板上的顯示：清晨七點十分溫度七度C，想必夜裡更加嚴寒吧！節氣即將大雪，冬日山野日漸蕭瑟，擔心動物們可得安眠否？朋友說牠們自有其生存之道。只是氣候遷變加上人為災難，不只人類生活日益不易，動物界亦當如是吧！屋旁連接一片山林，無法阻擋野生動物出入，園子裡的植物莖葉大半被山羌啃禿了，附近樹上的木瓜尚未黃熟也全被獼猴吃空，甚至木瓜樹上的嫩葉亦無可倖免，可見山中動物的食源正在縮減中，致使牠們不得不涉險入山村覓食，連小山豬也被撞見在自家附近出沒了！

晨起打開窗戶喜見燦爛的陽光照臨大地，心便似小鳥般雀躍，微笑不斷在臉上綻放。山上的鄰居們也紛紛出來散步曬太陽，大家隨興聚在一起喝茶、賞花、閒聊，浴著暖暖的冬日陽光，竟有種無以言喻的幸福感。楓葉已逐漸轉紅，由綠而黃而橘而紅而紫，風來多重色彩交疊閃爍於曜光中，令人迷眩，好個風和日麗，陽光正好的日子！

忽聽得鄰居說下方電線桿旁死了一隻山羌，可能是凍死的，臀部還被不知名動物咬了個杯口大的傷，或許是藍鵲吧！有人猜測著，大夥遂前往探看。山羌是極溫馴可愛又膽小的動物，山徑轉了兩個彎果然看到已僵硬的山羌，不知被誰放到路旁的土坡上了，我湊前仔細瞧，是隻小山羌！秀氣的臉上仍睜著無辜的雙眼，臀部的血紅傷口招來了蒼蠅盤旋。於是有人忙著找圓鍬就近挖土，讓山羌入土為安，還拔了一些草葉覆蓋其上。

美好的日子，因爲小山羌之死，內心難免蒙著一股淡淡的傷感，雖然這是自然界的日常，但想著那小小的生命還未及看見春天的美好便夭折，難免心起悲憫。大凡稚幼的生命，其萌樣總是惹人憐愛，就像所有的小嬰孩皆如此地清新可人，或許是他們展現出生命最初的純眞、潔淨，毫無機心，人們不自覺便被吸引了；及至成長沾染各種習氣，風塵僕僕地走了一遭後，有所醒覺者便想著要返璞歸眞，尋找那生命原本的清淨。

我沿著山路慢慢往上走，葛藤的小紫花已開盡，幾朵落花寂寥地散灑地面，山芙蓉則一樹樹地花正盛開，生活裡總是悲喜互見，就像那路旁綻放的芳香萬壽菊，朵朵黃燦耀眼的花朵下是安靜堆積的乾褐枯葉。我看到一旁因修剪被丟棄的大花紫薇枝幹，枯乾枝椏上還掛著顆顆的果實，遂將果實連枝折下帶回，一路欣賞著，那曾經在夏日裡開出一串串花團錦簇的大花紫薇，已結出龍眼般帶著古銅色澤的蒴果，相較之前紫紅燦麗的花朵，簡單質樸的蒴果自有其動人之美，隨著時間繼續前行，之後它會成熟裂開，釋放出裡面衆多的種子，種子有翅，或許可以乘著風飄到更遠的地方落腳生根發芽吧！

這一路的榮枯生滅，在四季的輪轉中不斷地上演，有花開就有花落，而花落、葉離之後的空枝，靜靜地將能量蘊藏在一顆顆種子裡，待因緣具足又開啟了下一趟同樣的旅程。彩虹七色於快速轉盤下呈現的卻是一片無色的白，故而喜終非喜，悲亦非悲，在歲月的輪替裡畢竟消散無恆，所謂色不異空，空不異色，大自然便是最好的演示。喜歡蘇東坡的通透曠達：「人生如逆旅，我亦是行人。」萬物都是天地過客，在旋轉的圓盤裡盛滿了喜怒哀樂各色顏彩，歲月轉瞬，最後終將化爲一片白。親愛的T，我看著你一身彩衣，或一身雪白，其實都是一樣的。

帶著陽光色澤的種子

冬天將盡，楓樹厚實的華裳逐漸單薄，滿地堆積絢燦的焰火正慢慢褪熄，有一些棲落在榆樹裸枝上成了裝飾，遠看猶如一棵美麗的樹。而落了一地素白是烏心石的片片小花瓣，烏心石之花乍看有點像含笑花，因此有「台灣含笑」之稱，於是我看到滿地灑落盡是微笑的花瓣。此時東北季風正緊，摧著油桐樹上轉黃的葉子，那山林間一抹抹逐漸凋零的鉻黃。梅花今年早開，轉眼一樹的潔白已成殘雪，花枝上悄悄抽出新綠。而光禿禿站立寒風中的櫻木，安靜地醞釀著花苞，偶爾抬頭，竟撞見幾朵忍不住早綻的嫣紅。

此時，紫荊花早已開盡，綠葉間紛紛掛出長長的莢果，當果實成熟時就會自動扭轉開裂，大自然自有其一套繁衍的法則。日常散步時，總喜歡收集各種不同的果實，硬枝黃蟬那密生銳刺的圓形蒴果，蓮花開過後蓮蓬中住著的黑亮蓮子，青楓飄落由綠而褐的翅果，烏心石成熟的蓇葖果爆開可愛的橘紅種子等。至於像串串小葡萄般秋天開始由綠轉紫的是台灣紫珠，美麗碩大的朱紅球形果是月桃，古雅倒卵形有三條突起稜線向上會合，橫面帶有皺紋，猶如包裹著禮物的黑色油桐核果，還有那被凜冽風刀斷落的柳杉及五葉松的毬果……

冬日山野間，猶能見到秋天開花直至冬末的山芙蓉，花謝後的枝頭正結著球形褐色蒴果。散步中總不自覺地低頭尋找掉落地面的果實，荒寒的山徑旁還可看到它們散落路邊或排水溝中，有如休眠一般，顯得蕭瑟沉寂，毫無生氣。但身為種子，其內在潛藏的能量仍然持續地醞釀著，即使必須長久地等待，只要時機一到，嫩綠的小芽就會探出頭來，接上大自然運行的頻率，尋找到屬於它的天空。

一般種子基本上可休眠二到三年，冷藏約三至五年，當然也有更短或更長的，據稱最長甚至可達千年。在上個世紀五〇年代科學家於遼寧省普蘭店的窪地泥炭層中，採集出一些形狀奇特的古蓮子，好奇的科學家們遂對這些古蓮子進行鑑定，他們驚訝地發現古蓮子的壽命大約有八百三十到一千兩百五十歲之間，由於泥炭良好的吸水防潮性能，蓮子的外殼堅硬密閉，阻隔了內外水氣的散發與滲入，以及所處土壤存在著微量輻射的刺激，種子有如同冬眠一般，仍細弱地保存著內部生命活動的狀態，以致沉睡千年之後，不可思議地這些古蓮子竟然還能發芽，甚至開花，重燃生命之光！

「我對種子懷有大信心。讓我相信你有一顆種子，我就期待奇蹟的展現。」《湖濱散記》（*Walden, or Life in the Wodds*）的作者梭羅（Henry David Thoreau）如此寫道。由布萊德利・迪恩（Bradly P. Dean）傾其一生投入辨讀整理梭羅去世後近萬頁，約兩百萬字未發表的自然筆記手稿，編選成的《種子的信仰》（*Faith in a Seed*）一書，呈現了這位活了四十五歲的詩人、哲學家人生最後十年，每日在林中漫步所寫下的觀察與體悟。梭羅對熱愛的森林進行了田野測量觀察，記錄下百餘種植物種子如何透過風、水、昆蟲、動物等媒介散播，落地生根成長的過程，詮釋了小小種子造就一片森林的祕密，讓我們看見了生命的重生與美的創造。

只要有種子，就有希望。親愛的T，我彷彿聽到凍寒的地層之下，千萬顆種子正擁著夢想而眠，靜靜地起伏細微沉穩的呼吸，等待著你揮動春天的旗幟，便齊力衝破黑土，尋光抽長上升。我彷彿看到每一個心念都是一顆種子，愛、美、善、真、慈、悲、喜、捨……在俯仰的天地間帶著陽光色澤，自無邊心土上，紛紛開出美好的花朵，嫣紅奼紫一片，驅走了寒冬，在相互氛圍的薰陶之下，讓世界回暖重獲耀眼光亮。誠如梭羅所言：「每顆種子都在嚮往天堂，那是一枚種子的信仰。」

花非花春寒紀事

整夜裡雨淅瀝淅瀝下個不停，不時一陣風颯颯翻動樹林奔來，挾帶著撞擊，或東西掉落的聲音。縮在溫暖的被窩裡傾聽著，彷彿屋外有一頭獸正在寒風冷雨中不斷地撞向牆壁。

晨起開門，迎面一股冷風伺機撲入，環屋露台上只見滿地的殘瓣落葉斷枝，顏色不似冬日的枯褐，而是間雜著淺黃淡綠的潤意，畢竟已經是春天了。我披上厚外套撐著傘穿過濕冷的園子開啟側門，停在大門外的車子覆滿了紫紅山櫻花，濡濕的紅頰貼伏在海藍車蓋、車頂及窗玻璃上，映著天光樹影顯得格外淒豔動人。其實這時節山櫻已紛紛長出鵝黃嫩葉了，但大門口那棵有王者之風最壯碩的山櫻，每年總要等身旁一排山櫻花綻放殆盡之後才盛開，它似乎忘了氣候的凜寒，在雨中仍然滿樹燦放，很是引人注目。

雖是春天了，然而成爲山羌食源的園子尚未復甦。春節前爲了增添過年氛圍，跑到鎮上買了許多花，大花瑪格麗特、鳳仙花、石竹、四季秋海棠、玫瑰、鼠尾草等，又見園藝店入口旁有棵大樹，葉間懸吊著一朵朵碩大由二十多朵小花組成的花球，滿樹的花球頗爲壯觀令人驚歎，園藝主人說是百鈴花，順手從樹幹旁拿出高及腰的盆栽小樹苗推介，我抬頭望著花樹，心裡勾勒著百鈴花在屋旁盛開的美景，忍不住就帶回家了。只是買回的盆花不敢冒險種在園子裡，怕成了山羌飽餐的美食，只好先置放在露台上，幸好一直安然無恙。陰雨綿綿的春節假期，趕早幾日先遊罷北海岸之後，便回到山村，終日雨濕苔綠連出門散步都怕路滑，孩子們聚在屋子裡玩Switch做健身運動，而我除了看濛濛煙雨中的櫻紅遠山，還好有露台上這些新買的花兒賞心悅目，驚喜的是竟發現百鈴花小樹上還結著一個小花苞！不知能不能開花，但也算是件開心的事。

元宵節過後氣象局一再播報，周末將有一波超強冷氣團來襲，全台將進入急凍。我想起二〇一六年初，剛住進山村即將迎接第一年的春節前，也是超級寒流入侵，查看氣象預報所處鄉鎮最低溫是二度C，不敢貿然上山遂留在城裡。此時住鄰縣的小弟正值返台過年，他預估山村極有可能下雪，畢竟山上的溫度又比平地更低，遂開了半小時的車前來查看，果然——下雪了！我們獲知後興奮地奔回山村，遺憾的是到達時雪花已停止飄落，但見到屋子、露台、周遭花木及附近山峰全覆上了白雪，多麼純淨美麗的世界啊！那眞是難忘的景象，鄰居說住了二十幾年都沒見過下雪，我們何其有幸在山村的第一個春節前就遇上了瑞雪。

此時體感溫度雖負四度C，戶外氣溫仍停在六度C，我心想應該下不了雪了，但玻璃窗上仍斑斑結著一層霜花，這已是今年第二次結霜。第一次是農曆春節最後兩天，霏霏霪雨終於在初五收住，太陽雖仍躲在雲後，空間卻慢慢明朗乾爽，只是輻射冷卻效應，感覺溫度反較之前更低更凍，山屋受風的窗子結出了一層薄薄的霜花。終於在假期最末一天陽光露臉了，那金色輝光灑落的瞬間，我彷彿聽到大地萬物欣喜激動的歡呼聲。回到屋裡做了早餐，煮了熱咖啡，氣象報告說，冷氣團最強在晚上到隔天清晨之間，我知道窗上的霜花會更盛開，也知道不久後陽光將再次降臨，在它煦暖的雙手觸及之下，冰霜融化，笑靨舒展，而一地的凋零也將獲得了撫慰。

坐在窗前，雙手搓握著暖熱冒煙的咖啡杯，思緒隨著濛白的霧嵐走遠，又穿過重重如紗的雨簾歸來。我感恩那一年的雪花，若要見到夢想的風景，必須有接受挑戰付諸行動的勇氣；我也感謝窗前靜靜凝結的霜花，那是一段歷程，可以鍾鑄成雪，也可以耐心等待陽光，融化成一行行歡欣的淚；而那在冰雨冷風中盛開的花朵，無畏地獻給大地春天的光彩，更是令人滿懷謝意。

親愛的T，今年初春伊始是低低的音階，灰濛的寒色，我看著你彷彿不受干擾，嚴寒中正俯身一筆一畫，安靜而悠緩地彩繪出一朵朵溫暖的花顏。

流雲花影的時間盛器

雲朵於天空倏急地變幻移動，色彩在大地上不斷地更換彩繪。彷彿昨日櫻紅才醒來瞬即又消逝，濃淡深淺的綠遍野潑灑開來，梅樹下誰採了滿滿的一籃青梅，此時一棚棚的紫藤如霧散去，一樹樹的白流蘇正迎風招展，而遠遠近近長出嫩葉與花苞的油桐安靜地蓄勢待發……親愛的T，總是這裡那裡看到你匆匆的蹤影，伸手欲拉住你的衣袖，卻抓住了滿手的風。

行至林樹濃蔭下的桌子旁，這裡是我們夏日乘涼避暑的地方，長長寒季較少用到，只澆花時會順手沖洗桌上的落葉殘枝。而今清明已過，望著圓形玻璃桌面上仍盛著飄落的葉子與花瓣，在天光樹影映襯下，彷如時間之盤，滿眼都是你的倒影。我忍不住回望如茵草地上遍開的通泉草，那一片清新粉紫的小花兒，曾是你端出的銀鈴稚嫩淺笑；抬眼棚架上交頭接耳茂發的紫藤嫩葉逐漸淹沒了花顏，或是許願藤搖曳著柔美花串編織一簾紫藍幽夢；而那自初春便一路呵護著怕風吹雨打的百鈴花苞，終於在你的盤裡開出了粉紅花球叮噹地響著，放眼遠眺綿延的起伏山巒更是你盤中的山水。你的盤子大小自如，千變萬化，盛裝著四季的風情，神奇又引人遐思。

「逝者如斯，而未嘗往也；盈虛者如彼，而卒莫消長也。蓋將自其變者而觀之，則天地曾不能以一瞬；自其不變者而觀之，則物與我皆無盡也。」這是蘇東坡在前赤壁賦中所言，若以變化的角度來看，天地萬物剎那之間都在變異中，若從不變的視野觀之，則宇宙間萬物與我都是無窮無盡的，就如那水流一樣，日夜不斷地流逝，但並沒有就流走了，雖然希臘哲學家赫拉克利特（Heraclitus）說：「人不能兩次踏進同一條河流。」水雖非前水，但水仍不斷在流，水的本體並未改變。同樣地，明月有圓缺消長的變化，但其本身並無增加或減損。李白古風詩亦言：「前水復後水，古今相續流。新人非舊人，年年橋上游。」生命之流亦如是無窮無盡啊！花謝了明年會再開，葉落了春風一吹又復長，變化的只是表象，親愛的T，你依舊穿梭在四季，在亙古的長河裡。

而無盡生命中，我們只是天地過客，來來去去，回首時皆成紛落的影子，被時間之盤盛著。詩人朵思在其〈影子〉一詩末段如此寫著：「從年輕一直踩向年老／我的影子，用大地的容器／盛著，猶之／花缽盛著花姿的枯榮」，大地盛著詩人的一生，從奔放的青春一直到衰老的黃昏，猶如花缽盛著花朵的一生，詩人將影子推遠成大地上隨日月不斷變易的生命表象，但生命本質或者精神主體卻是不滅的。

親愛的T，我想起多年前爲一幅畫《缽之華》所寫的詩；「你從季節的深處走來／輕輕拂去髮上的殘雪／眉眼盡處　一片青蕪／貼近時我聽見／淙淙的水聲正漫向四野／意象的花朵繽紛盛開／在清淨河畔／你拈花或者我拈花／都在三千世界的缽中／微笑」。是的，那時我就常常凝望你，猶今日你衣袖芬芳一襲繁花飄揚，彼時的我與你靜默相對，試圖在你身上參透出什麼，而三千世界的缽啊！更是浩瀚無邊的宇宙。

不管是季節的盛盤或大地的容器抑或三千世界的缽，都是一只流雲花影隨風變幻無窮的時間盛器，我們總在其間隨之起舞，卻無法穿透實相看到背後那無生無滅永恆的寂靜。親愛的T，你總是安靜卻又充滿語言地在我眼前，周而復始展示榮枯興衰於天地之間，有時我覺得你在我之外也在我之內，而我只想隨著你穿過季節去採擷一朵清淨的蓮花。

忍者蛙落難記

剛來山村時，半夜裡總還聽到鳥聲啾啾，一聲一聲敲著未眠的耳膜，心裡頗訝異，山上的鳥兒都不睡覺？後來才知道原來這深更裡「啾～～啾～～」叫著的，竟然是青蛙，名叫斯文豪氏赤蛙（Swinhoe's frog）。牠們喜歡住在中低海拔山區的溪澗附近，白天躲在石縫或水邊草叢，爲了適應溪流的生活，趾端因而膨大呈吸盤狀。由於發出的叫聲每每讓賞鳥者誤會而白忙一場，故有鳥蛙或騙人鳥之稱。斯文豪氏赤蛙屬於大型青蛙，其背部花紋顏色變化多端，從整片綠色到綠、褐交雜，有時看到全身褐色一時之間還眞難以辨認呢！牠們很少成群出現，喜歡保持距離，獨立性很高，各據一方，藉著叫聲互相溝通與較勁，只要有一隻帶頭叫，其他雄蛙也會不甘示弱地跟著叫，此起彼落啾啾聲不斷。

除了螽斯曾經搭錯車被載回之外，我也曾不小心把斯文豪氏赤蛙也帶回城裡了。記得那次是拔除屋後駁坎上過多的腎蕨，心想著適逢要幫佛堂插供花，或許用得上，於是取了個空盆放入幾叢腎蕨並澆了些水，置於排水溝邊以備隔天帶走。回到城裡，取出腎蕨時，突然從盆裡跳出一隻青蛙來，我嚇了一跳趕緊抓住牠，暫時先放入澆花壺裡，找了塊圓形木頭隔熱墊蓋住上方壺口。不意隔天起來一看，青蛙竟然頂開隔熱墊逃之夭夭了，雖然微弧起的半圓形注水口不是很平穩，但相對於青蛙來說，仍需要費很大的力氣才能頂開有點厚度的木圓墊吧！想著牠爲了自由或許整夜裡都在跟這塊木頭圓墊作戰，不由得心生不忍。我在屋子裡找了幾次都未見著牠的蹤影，只好作罷，心裡卻仍惦記著牠會不會餓死或渴死，因爲彼時正值炎炎夏日。

如此過了一段時間，有天，外子發現樓上書房鄰近浴室的書架有白蟻，他把下方置物櫃裡的茶具、杯子等物品搬出，暫放於櫃旁地上。午後，突然聽到樓上有杯子摔破的聲音，上樓查看，發現疊起的瓷器小茶杯被碰倒摔破了兩個，然後我一轉身竟然發現了——那隻青蛙，距離牠失蹤之日已有十多天了，揣測著牠可能沿著室內梯跳到樓上，棲息在浴室旁的某個角落或縫隙裡，靠吃白蟻維生，但能在夏日待在悶熱沒開冷氣時甚至較室外又更高溫，連人都很難忍受的頂樓，牠竟然能夠獨自存活待了這麼久，且神不知鬼不覺地有如隱形般，簡直是耐力超凡的「忍者蛙」，不知爲何腦袋裡突然蹦出這個詞，對牠我內心充滿著憐惜與不捨，驚歎動物界那不容忽視的生存本能與潛力。這一次我將牠關在小籠子裡，剪了一些枝葉覆蓋上面，聞到久違的植物氣息，或許能讓牠稍感安心吧！

第二天即開車載牠回山村，我把籠子放在地上，伸手進去摸了摸牠的頭說：「你的家到了，快去吧！」只見牠興奮地一躍跳入溝旁的草叢裡不知去向，彷彿也獲得自由般的我終於鬆了一口氣。這是隻全身褐色的斯文豪氏赤蛙，在山村常見牠們躲在駁坎的排水洞口裡，因爲潮濕隱密，下雨天時還有水流，最常看到的有綠色，或綠褐交雜，有如穿迷彩裝般是自然界中優秀的僞裝者。

山村夏日，梅雨停了蟬聲四起，沸沸烈烈的高歌聲浪中，偶爾拋來一聲圓潤清亮的「啾～～」，猶似一記清涼之音冰鎮了整個燥熱。親愛的T，此時我看見你正在櫻樹下盛開的野牡丹花叢中，收集著那一朵朵嫣紅的笑靨。一旁昨晚錯過八朵曇花綻放的駁坎，只見一隻斯文豪氏赤蛙探出洞口，睜著圓亮的眼睛靜靜地凝望著你——

仲夏的夢花蟬影

鬱鬱蒼蒼的夏日林間，一隻隻蟬兒蹲踞在樹上競相飆歌，那激盪開來的熱情將空氣薰暖，只見曇花垂掛的花苞一一逐漸膨脹，預言著今夜將會有多少位月下美人來訪。

高歌一上午的蟬，午間會有段歇息時刻，接著彷彿指揮棒突然揚起，眾蟬齊聲展喉；有時唱累了，這樹林與那樹林的蟬會輪番上場。傍晚時分，一時興起拿出了愛爾蘭錫口笛與樂譜，在林樹圍繞的露台上吹將起來，從奇異恩典到漫步莎莉花園，從丹尼男孩到夏日最後的玫瑰，從星星索到江寬水闊，最愛讓笛音反覆徘徊於羅莽湖畔，據說是一位蘇格蘭戰俘預感自己死期將至，於是寫了這首〈羅莽湖畔〉，託幸運被釋放的牢友，帶回去給他住在羅莽湖邊的愛人……悲傷的音符穿過潮湧的蟬浪，穿過時間穿過生死，彷彿沸揚的歌聲裡也染上了一層淡淡的哀愁。

夜晚點亮簷下的燈，不一會兒飛蛾便撲飛過來，此時於露台上行走須格外小心，以免踩到停歇在地板上的蛾類或其他昆蟲。日前來了一隻長尾水青蛾，停飛燈罩上，有如仙女般燈光映照出牠美麗淡雅的水青羽衣，正當我凝神觀看之時，突然一隻熊蟬闖入，見牠慌亂地東撞西撞，不斷地跌落地板上發出沉重的撞擊聲響，應該很疼吧！已近尾聲的生命總讓人傷感。過了好一會兒熊蟬終於安靜下來，我引領牠爬上柱邊裝置的相思木上，牠卻愛上了我的手指頭，遂帶回屋內給牠一小截樟木，似乎挺滿意這立足之木，安靜地當我拍照的模特兒，我手指一伸近牠便轉移過來，彷彿牠對我有一種依戀，也或許是我對牠有一份不捨。終究仍須將牠放回屋外的相思木上，不知天亮時是否還能再見到牠？彼時屋旁的曇花正一朵朵地綻放，皎潔如雪的花顏，縷縷芳郁在風裡飄散開來，剪了幾朵瓶插，整個屋子整個夜晚整個夢境，遂沉浸在清恬的花香裡。

人與天地有情的相遇相處，或許有其幽微的密意。隔日清晨發現那隻熊蟬四腳朝天地跌落在台階上，我將牠拾起感覺腳力弱了些，牠在我指間安靜地爬了一會兒後，突然奮力展翅飛向枝梢，消失於樹叢間，彷彿是一種道別。夏季是蟬的季節，除了高亢的求偶熱歌，到處都可見到牠們的身影，以及一隻隻空殼的蟬衣，而造訪我露台的除了體型大、叫聲響亮的熊蟬外，還有翅膀全透明，翅脈顏色與體色、腳色相近的薄翅蟬；草蟬則體色多變，翅脈部分呈翠綠色；還有喜歡在清晨、黃昏時鳴叫，舊名「台灣蜩」的台灣騷蟬；另外也有長得不像蟬的蠟蟬，外觀似綠色豆筴，遇到騷擾時會以彈跳方式飛離的綠瓢蠟蟬；形體像蛾，上翅布滿綠褐色粉蠟，翅緣各有一枚三角形白斑的白痣廣翅蠟蟬等。蟬的種類繁多，令人眼花撩亂，牠們具有趨光性，因此常常會在夜間來訪。

山村夜涼如水，皎潔出塵的曇花美得如夢，朵朵恬然綻放於夜色中，此時衆蛾不斷圍繞著燈座撲飛，在我關門之際有隻蟬倏地飛入屋內，發出「唧唧唧……」聲，仔細一瞧是隻台灣騷蟬，已不復日間嘹亮的歌喉，唧唧的叫聲顯得柔弱惹人憐。牠抓著我的手指也不飛走，只是安靜地停駐，讓我懷疑我的手指是否有一種安撫能量，或者只是被當作樹枝。

親愛的T，每年夏天的一期一會，都是生死緣遇啊！蟬兒羽化飛上枝頭引吭高歌，大多只有短短的二至四周，然後落地而死，猶似曇花的開謝匆匆，相較於無限生命，一夕或一生都只是瞬間，但縱使短暫，也要如曇花優美芬芳地盛開，也要如夏蟬絕不虛度盡情地高歌——

我的開心小菜圃

莢果裂開，裡頭的果仁發芽，鑽出縫隙的小幼苗，不斷地向上生長，舒展片片互生的羽狀複葉——在大自然中常能聽到一種無聲卻自有其節奏的樂音，這是屬於花生之歌，可以想像接下來，黃色蝶形花將上場，抒情地擁著風與陽光翩舞，及授粉凋謝後，具有向地性稱爲果針的子房柄，快速地伸長鑽入土裡，黑暗的環境正好適合子房的發育，逐日膨脹長成莢果，直至被翻出地面見光的那一刻，樂音漸歇。

這是我第二次在園子裡種花生，其實皆非刻意栽種，只是順勢而爲罷了，因隔周訂的籃菜偶爾配有帶泥殼的生花生，放久忘了煮就發芽了，只好將之種回土裡，讓它再一次地生長循環，這情形也常發生在馬鈴薯、薑、地瓜等身上。當然也有鳥來種或其他原因自己長出來的，如之前誤當是蝶豆卻結出四稜莢果的翼豆，還有目前的苦瓜，順著蔓藤伸長，以竹竿枝幹綁搭的簡易瓜架上，已見有三顆小苦瓜迎風垂掛，像小貝比般看著它們一暝大一寸，讓人日日欣喜地巡視。

住在山村，學習種菜植果栽花是一定要的，不懂時還有經驗豐富的老鄰居可請教。就以種菜來說，剛開始時的確是興沖沖，小小菜圃曾經種過高麗菜、茄子、芋頭、地瓜葉、花椰菜、大頭菜、空心菜、小黃瓜等等，最後雖大部分難逃蟲吃的命運，但仍結出不知是坐禪或聽禪的盤腿紫茄子，大頭菜僅拳頭大卻鮮脆可口，小黃瓜最讓人有成就感，邊開花邊結果長得快又好，有陣子每天都能品嘗到收成的喜悅。

高麗菜種了幾次，從小菜苗逐漸長成一朵朵綠色的花，那線條、色澤、造型……總讓人讚歎不已。等待葉心包球，卻久久悄無動靜，鄰居來看了看說應結不成，我仍心存希望，時時剝去下方的舊葉讓養分回歸核心，冬天走了春天來臨了，愈長愈高的高麗菜似乎開始動工了，日漸膨脹的包球終究不扎實，最後仍以一串串鵝黃的小花回報我。只好安慰自己：我的高麗菜不想當菜只想當花，當花也好，何等賞心悅目，給人吃總不如讓蝴蝶吮蜜來得詩意些吧！

雨珠掉落不碎滾動葉面晶閃如鑽，即是芋頭葉，因不確定何時可收成，就放任它們到處冒生，一片片翠葉看著也是挺清涼的。最令人懷想的好滋味是第一次撒種子種的紅蘿蔔，鄰居說已經過時了可以挖出，我心裡還想讓它們在土裡多待些時日，或許會再長大一些，但朋友也說不會再長了，只好翻土請出它們，只見拔出的紅蘿蔔只有手指般大小，有一些還長得奇形怪狀，如雙胞胎或大楞頭等，但自家產的看來看去也是挺可愛的。朋友建議榨蘿蔔汁，我卻將手指蘿蔔削皮，當零嘴吃，一口咬下，驚訝竟是如此的清甜爽脆，有時也沾蜂蜜，那滋味無以言喻，真是太美了！我想到陳之藩說的「謝天」，忍不住又加上「謝地」。原來世上最美好的食物，來自潔淨的土地與充滿感恩的心。

大地從來就不吝於回饋，發芽的花生埋入土裡，看著它長葉、開花、結果，過程眞是太有趣了。想起小時候學母親炒菜，拿著樹枝在小盤子裡炒著花葉菜，現在學農婦在小園子裡，自個兒玩開心農場辦家家酒，深深體會到知足常樂。親愛的T，你總是不斷地演奏著迴旋曲，我們穿梭其間隨著旋律轉圈，由春而冬，冬而春，從生而死，死而生……在這回復的節奏裡，想到許地山的落花生哲學——要做有用的人，不要做只講體面，卻無益他人者。落花生不像桃子、石榴、蘋果等鮮紅美麗地掛在枝頭上，它只是樸實而沉默地深埋土中，等待時機奉獻出所有。而率性當小農婦的我，或許沒有什麼值得稱許的成果，所有大地上的種植並不一定為我，其他動物若也能得食便有其意義了。

幻色蝶舞

寒露將至，陽光依舊流燦如金，潑灑於綠草地，人也被濺了一身，可感受到它在頸背上融化的溫度，此時蹲在高士佛澤蘭花叢間的我，像個狩獵者安靜地守候，只是我手中拿的不是獵槍而是相機，而我鎖定的目標是那翩翩飛舞的紫斑蝶。

爲了召喚蝴蝶前來，尤其是陽光下閃著紫藍色澤的美麗紫斑蝶，我們在園子裡種了許多高士佛澤蘭，這種植物原生於屏東牡丹鄉的高士佛山區，屬菊科多年生草本，每年八月到十月之間，茂密的分枝頂端會開滿頭狀花序的白色小花，是重要的蜜源，尤其對斑蝶科極具有吸引力，爲紫斑蝶、青斑蝶、樺斑蝶的最愛。

當紫斑蝶停歇時，黑褐色頭部及翅膀散布著白色斑點，乍見之下並不起眼，但當牠展翅飛起時，那一閃的藍紫光色卻令人目眩神迷。原來紫斑蝶的前翅上滿布著鱗粉，會因陽光的角度、反射、繞射、色散等物理現象及觀察者的方位不同，而呈現出或淡或豔的藍紫及亮藍等耀眼的奇幻色彩，日本昆蟲專家稱它爲「幻色」。爲了追逐紫斑蝶那迷離夢幻的炫彩，常常忘我地流連於園子裡。

紫斑蝶依翅膀上的斑點分布不同可分爲：小紫斑蝶、圓翅紫斑蝶、斯氏紫斑蝶以及端紫斑蝶，至於如何分辨呢？有個很容易記住的口訣即是：「小紫點一邊，圓翅兩邊點，斯氏有三點，端紫亂亂點。」亦即依翅膀開闔上面醒目的白點數目來辨識，四種不同的紫斑蝶都曾在園子裡出現過，當然也會有其他的蝶種，尤其是淡紋青斑蝶、鮮麗的樺斑蝶都是高士佛澤蘭的熱愛者；另外琉璃蛺蝶、姬黃三線蝶、大型端莊的鳳蝶，各種可愛的小灰蝶等等，眞要細究種類實在太多了。最令人難忘的是今年六月，突然來了一群環紋蝶，牠們像黃色花瓣般歇落在野菊花叢下聚食，或者搧動一雙雙美麗的翅膀，從容而優雅地滿園飛舞，那景象只覺得眼前卽是一片淨土。

近中午，陽光愈來愈熾熱，被我追了整個上午，原本一靠近便飛離敏感度頗高的紫斑蝶，似乎也累了，或者覺察出這個人並無意侵害牠們，便定定地埋首在高士佛澤蘭上安心地吸吮花蜜，不再爲我所動，應該是懶得理我了。而爲了要拍牠們張開美麗翅膀的我，仍不死心地單手拿著相機，另一手去搖動枝葉請牠再飛起，似乎是我這獵人反而求獵物賞臉，再展示一下牠那炫麗的藍紫蝶翼——

親愛的T，有時恍惚間我會想起，昔日那個拿著網子追捕蝴蝶的小女孩。至於小女孩追捕蝴蝶是因爲好玩，或者是喜愛蝴蝶的美麗？已無從記起，印象中大多是田野間的淡黃蝶或台灣紋白蝶。而今初老的影子追逐的，只是那陽光下閃動的迷人幻色，總是深深地吸引著我，那交揉著神祕的紫與深海的藍，藉著光所幻化出來的動人澤彩，帶著詩的質感與想像，彷彿是沿著歲月一路前來，如眞似幻不斷亮閃而過的光影。

山林中安靜的隱行者

從沒想到有一天，我會坐下來寫你，你曾是我心中最大的恐懼。小時候手足之間嬉戲，知道我怕你，總是拿著塑膠製的你來捉弄我，明知是假的，每每還是被嚇得邊大叫邊閃躲。國中的生物課本，翻開第一頁赫然驚見滿滿都是你的圖片，我只好偷偷撕掉，因爲即使只是圖片，也無法揹著你去上學，彷彿你會在書包裡蠢動著，甚至爬出來。

青春時代的我熱愛海洋更甚於山林，那浩渺波湧的海洋正代表著出發與夢想，除此應該可以遠離你。因此我曾寫下這樣的詩句：「幽深　如一尾獨行世外的蛇／任何風吹草動／皆能挑動我過敏的神經／陷入叢林魅影無邊驚悸底夢魘／我寧願愛那喧譁躍動的波濤／……總有滿空的星光引路／擊浪而起舒展的羽翅絢閃著光芒／因此　有意無意之間我遺忘了你」。

但是終究還是與你爲鄰了，中年之後，不知爲何走著走著就走進了山林，終年有蟲鳴鳥唱，繁花鬱林，多霧的季節，煙霧縹緲中更顯幽深謐靜，這裡是你的棲息地，你悠然自在地漫遊熟悉的家園，而我仍然心懷恐懼。

第一次近距離看你，是剛入住山村不久適逢端午節，鄰居C在家門口對面路邊的草叢發現，你是條青蛇，翡翠的身軀，圓圓的頭，看起來竟然沒有想像中的可怕，你的不具毒性，加上對動物深有認識的鄰居C在旁，減低了我的畏懼，這是我們首次直面相對，既然來到了你的地盤，我必須學習認識你並面對你存在的事實。

之後有幾次遇到你，在駁坎壁架積累的落葉堆裡你是條赤尾青竹絲，躲在空花盆裡冬眠的你是條鈍蛇，膽子小爬行速度極快的你是過山刀。這陣子窩在鄰居C家門旁，石塊堆疊的駁坎隙洞中的你是龜殼花，幸好C是熱愛自然了解生態的行家，常常夜裡拿著手電筒在自家附近巡察，他竟然就讓你窩在石縫中守門！C說：「人不是蛇的食物，青蛙、老鼠等才是，蛇不會浪費他的毒液，因爲要再製造需得花一段時間，除非人有意或無意間侵犯到牠了。」他還說：「有次附近的青蛙不知怎地都跳到路面上來，後來才發現原來是旁邊一個種睡蓮的大石甕上盤著一條青竹絲，哈！青蛙只好跳水逃命了。」

已經立冬，C說前幾天晚上他回到家，拿手電筒照了照駁坎，看到月光下他暱稱爲小花的你正盤在石塊上，一副頗爲愜意的樣子，他還輕聲對你說：「要乖乖的，不要亂跑喔！」我沒有他的境界，對你依然有著恐懼。上個月外子在露台前走道旁的草地發現了你，起初以爲是截青樹枝，仔細一瞧竟然是隻赤尾青竹絲，一動也不動應該是死了，他立馬入屋拿吹葉機試圖將你吹到斜坡去，我看到你身體卡在石板旁連忙制止他，上前查看發現你的脖子及附近有幾處傷痕，應該是被貓或其他天敵咬的，我爲你念了三皈依，拿一根長竹竿將你挑起放到附近的山谷裡，我審視當時的內心依然還是有股莫名的怖懼。

許多人認爲你代表著邪惡，有諸多負面的印象和評語，但在古人的眼裡你是吉祥、富裕的象徵；而於宗教、神話和文學中也大多代表著豐產或者創造生命的力量，在印度是財富和權勢的象徵，你也是埃及君主的保護神，法老皇冠的裝飾等等，其實你更是自然生態環境健全與否的指標。可知同樣的東西從正或負不同的面向、角度去看待時，內心產生出來的感受有著天差地別。因此在面對任何事物時，當發現內心有所偏執，或許可試著將心拉回到一個較爲中道的地方。

親愛的T，一年又到了最末季，我與你都在路上，我試著跳脫隨身的習性與慣性，生活中處處都是修行，或許有一天我能從你手中獲得珍寶的智慧。

櫻花山莊的虎媽

虎媽指著對山一片蒼翠蓊鬱的林相說：「三十年前剛到這裡時，就是這般的景象，當時林間只有一條小路通行，路兩旁卻長滿了比人高的菅芒……」可想而知彼時山野是何等蠻荒。買下這片山林之後，虎媽夫婦倆開始胼手胝足篳路藍縷，從山下一路往上艱苦地開荒整地，自最高處林地引來山泉水，立了電線桿，彎曲的道路兩旁住家有如互生的葉子，斜錯開來各自獨立又有芳鄰不致孤單。

虎媽夫婦個子雖不高，卻有著山野訓練出來的堅韌與爽朗。她常提及早年墾荒的情景，有時晚上突然沒水了，虎爸須爬到森林深處去檢視水塔，缺了修理工具常得要她帶上去，一次沒帶齊，每每來回要走兩三趟。我惴惴地想像昏天黑地裡一片闃暗的山野，只見樹影幢幢，風吹過窸窸窣窣夾雜蟲唧蛙鳴等發出的各種聲響，在看不見的暗處有著各種動物棲息或活動，一個婦人獨自行走在林間荒野小徑，距離水塔將近一公里遠的路程，那要有如何的膽識才撐得起來呀！若是我應該早就嚇得罷工逃之夭夭了，而虎媽卻說得雲淡風輕。我望著面容和善，燙著一頭短捲髮的虎媽，實在難以想像其內在竟潛藏著如此龐大的能量。

山野生活遇到蛇類應是極爲平常的事，奇的是這麼多年來虎媽卻從未遇見過，她說：「我總是一路念著，請牠們好好待著不要出來嚇人，否則被捉到準會沒命……」至少就逃不過虎爸這一關，而鄰近的原住民更不用說。看來蛇類彷彿聽懂她的話，三十年來竟從沒當面出來嚇過她，這對於常年在山野中開墾的虎媽，我認爲簡直是奇蹟，也許緣自於一份善心的警告，成了虎媽與蛇類之間的默契吧！

虎媽非常喜愛蒔花種樹，她家門前就種滿了各種花木，夫婦倆沿著山路兩旁也種滿了肖楠、楓樹、李樹，櫻木、柳杉等，隨著陸續鄰居的進住，每戶人家都栽種了櫻花，春天來時家家盛開的櫻花，粉白紅紫相互爭豔煞是美麗，虎爸因之取名爲「櫻花山莊」。虎媽家的院子裡有一棵大楊梅樹，初夏時樹上結滿了紅豔欲滴的果實，她便分享鄰居自由採摘品嘗，去年我沒去採，她還特地幫我送了一盒來。讓每個鄰居都吃得到她家的楊梅，應是虎媽最開心的事吧！

十年前因任教學生去露營，遂與兒子趁機至寺廟當了兩日義工，回程順道來此看地，時值暮春，草木葳蕤，林樹鮮碧翠麗，路旁的梅樹、李樹結實纍纍，我恍如走入了桃花源。時已黃昏，虎媽熱情地留我們吃飯，就在院子前的大桌擺上了飯菜，也有幾個鄰居前來問候、聊天並一起用餐，猶如〈桃花源記〉中所述：「……便要還家，設酒殺雞作食。村中聞有此人，咸來問訊。」濃厚的人情，乾淨美好的山居環境，將我的心留下來了。

上個月連續寒流來襲，櫻花枝椏荒寒光禿一片，而低溫卻把山莊的楓葉凍得頰紅燦麗，火焰般到處點燃，虎媽當年在我家這塊空地前後駁坎、路旁種了二十幾棵楓樹，如今白屋紅葉掩映煞是明美。親愛的T，我聽到細碎的談笑聲漸近，我看到你跟隨著虎媽與多年鄰居好友，從青壯歲月一路走來，踩著滿地落葉，穿過楓林散步經過，微笑地跟我打招呼道早，兩個已是從心所欲之年的婦人，將苦盡甘來的日子過得安穩怡然。而我內心著實深深感恩虎媽夫婦當年的勤苦墾荒，後來者才能如無懷氏與葛天氏之民一般，擁有恬淡自足、淳樸安適的山居歲月。

風中的芬芳繪影

走在風裡，仍不免春日料峭的涼意，但陽光和煦，將樹葉映照成透亮的檸檬黃，閃動於鮮嫩的綠葉間。此時，找一片陽光或佇立或仰臥，彷彿覆著一襲金色薄被，漸漸地由身到心，由內到外都暖和起來。

緋紅櫻之後，盛開的富士櫻也漸漸稀落，而梅樹新葉間已結出顆顆淺綠的青梅。抬頭只見楓樹寂然的禿枝兀自伸向藍天，似乎正在接收某種訊息，貼近樹幹傾聽，靜寂中隱約可聽到漸明的脈音，彷如心跳般，仰首細看發現小小綠光已點滿了枝椏，不日他們將在你轉身的驚呼中伸出嫩紅小手兒向你打招呼。去春買回來的小小百鈴花樹，如今也已長及肩高，每枝末端垂下兩串或三串的聚生花球，數來竟有二十幾串，於是滿樹的花球叮叮噹噹地響在粉紅的風中。

鄰居C的院子年前自虎媽家新移植過來的墨染櫻也已盛開，據稱此櫻是由大島櫻系所培育出的品種，名稱出自日本京都伏見區的墨染寺，應是在台灣接枝而成。三月之後墨染櫻開始一朵朵地綻放，素白的花顏極為清雅細緻，花瓣間重疊，瓣緣帶波浪狀，開花後純白花色會漸漸轉為粉紅，湊近可聞到一縷清甜的淡香，故又有變色櫻或香水櫻之稱，但都不及墨染之名來得風雅韻致。花盛開時，一樹純白與粉紅的花朵相互輝映，流連花樹下，無邊芳美秀逸令人目不暇給，說不出的欣悅舒心。鄰居L夫婦觀賞之後，說頗有瞬間到日本東京賞櫻之感，喜愛之情油然而生，立馬也去買了一棵墨染櫻種在院子中央。

至於偏愛茶花的鄰居B，廣大園子裡種滿了各式各樣的茶花，自去年十月名爲埃及豔后、紐西歐、甘貝兒的茶花搶先出場後，陸續各品種的茶花依序地綻放至今。B從商有成，卻飽含書卷之氣，平日喜讀儒學，又鑽研老莊及佛學，爲人親和大氣，他開放莊園讓鄰居們自由賞花，並貼心地在每棵茶樹掛上小木牌寫著茶花名稱，可邊賞花邊識其名，有的名字超出想像的有趣，像冬戀、沙金、日本姑娘、花貝拉、紅喬伊、黃的旋律、甚至情人節等等，行走其間眞是美不勝收。

陽光爛漫的春日，畫會的朋友來訪，我讓他們先參觀B的花園，平日負責照顧宅院的蔡總管熱心地煮茶款待，大夥兒坐在屋前只見日式庭園周遭蒼松挺立、巨石層疊、泉流潺潺、池中錦鱗悠游，櫻花、杜鵑、芍藥、桂花、燈籠花、白玉蝶等皆已盛開，更不用說那園中處處可見不同品種的茶花，畫友們開心極了，有人已忍不住攤開紙筆畫了起來。園中有一棵名爲「愛麗絲公主」可說是茶花之王，只見高大樹身上朶朶盛開的紅顏掩映於綠葉之間，令人仰望之餘驚歎連連！

回到山屋，大家或坐桌前，或幾人一排立在欄杆邊，攤開畫具各自世界兀自專注地畫了起來，只見遠處山巒逐漸抹上一層溫煦的光，櫻紅尚未落盡，新綠勃發蔓延，望著眼前景象只覺馨美動人。親愛的T，生命的緣會自有其進行方式，如一張網，每一條線的盡頭或可追索出因，而我站在交錯的網中心，對一切深深念恩，近日對「念恩」二字特別有感悟，心心之上是「今因」啊！修持今因是何等重要的功課！而它始終不離念恩。

我聽到風拂過網線發出的聲響，那微細之音如波上漣漪，在春日陽光下顯得格外閃亮，如果每一個起心動念都能如是美善，親愛的T，我將安住自己在網中心，期能不憂不懼，等待你跨越時空凌波而來的引領。

飛翔的種子之謎

自二月中旬後，山村的小路上常可見到不知何處飛來的種子冠毛，與被風吹散成一把把降落傘，隨著氣流緩緩上升再旋轉而下的白色絨球蒲公英不同，它較碩大，是長圓形的種子先端具發亮絹質冠毛，有時歇在飄落的緋櫻旁，清麗的紅與柔絲般的白，相襯得格外美麗，令人看得著迷，更好奇這是哪來的白衣仙子。

山中的四季，動、植物各自依序輪番上場，看似規律不變卻仍有一些細微的異動在其間，比如天氣晴好時大冠鷲依舊喜歡在天空翱翔嬉戲，但「啊～啊～啊～」有著狂放叫聲的烏鴉卻是近兩三年才出現的；獮猴、山豬與穿山甲似乎較往年少見，山羌卻日益增多；近時常在路上遇見優雅美麗的藍腹鷴；山屋周遭栽種的日本鳶尾及芳香萬壽菊已蔓延成小路風光，散步時發現屋前駁坎有蛇根草清新潔白的聚繖花朵，還有今春才見到的，這謎一樣絲亮長冠毛種子……

前日鄰居虎媽、吳老師夫婦和C來喝茶，吳老師倚著欄杆怡然浴在一片燦爛的陽光下，迎著吹動樹葉舒爽的和風，忍不住讚歎說：「如此人間四月天，我們都是有福之人才能享有啊！」若說三好中把口說好話發揮得淋漓盡致的非吳老師莫屬了，他是懂得生活的人，總是讚美這個多美味，陽光多美好，眼前的景象多動人……在他眼裡事事物物都是好的，他有極佳的記憶力且非常好學，尤其人文地理自有其整理出來的一套理路，鄰居家來了客人只要有他在就絕不會冷場。而吳太太更是烹飪中的高手，曾遠至日本、大陸去學習，有二十幾張證照，山上的鄰居大多吃過她的炒米粉、蛋餅、蔥油餅、韭菜盒、包子、西米露、泡菜等，日常卻又美味的手作食物。

虎媽巡視了種在森林邊的楊梅，說已長出數顆果子了要好好照顧，我突然想起前些時看到的長冠毛種子，問她是否見過，她說應是附近的某種植物，似乎有點眉目的我不由得精神一振。我找出相片也給C看，現在山上鄰居只要有不清楚的動、植物，都會說去問C，他一定能告訴你或幫你找出答案。C看了要我把相片傳給他，確定了再告訴我。

午後虎媽拔了她提及的植物來，我看了說不像，原來她帶來的是有著棉絮般冠毛的昭和草，而我看到的冠毛應比它長約三倍。不久C傳來了答案，竟然是酸藤的種子，印象中山上沒見過粉紅色的酸藤呀！C說鄰山有很多，終於謎底揭曉了。酸藤是我熟知常見的植物，五月開花，據說聚繖狀圓錐花序的粉紅小花有著淡淡的清香，因一直都是遠遠眺望，從不曾如此貼近地觀察它的種子，今年它終於隨風飄過山谷來與我相遇了！

親愛的T，穀雨過後，忍不住要告訴你，四月的雪開始落了，青山白頭，歲月寂寂，桐花靜靜地旋舞，陽光輕輕地來去，不久金黃的相思花將灑落滿地，然後一抬眼就會看見粉紅酸藤安坐在樹巔。我忽然想起曾寫過的一首詩〈獅山初夏〉：「相思把陽光磨成了顆粒／綻放的雪逐漸匯流成河／誰坐在深深淺淺的綠中／披著粉紅嫁紗默默等候／時間靜成了一種鳥鳴／黃梅垂掛於五月枝頭／風　攀住大冠鷲的雙翼／翻閱季節彩繪的長卷畫幅」。親愛的T，我們都是一枚冠毛，帶著種子在四季的更迭中，在生生世世的長河裡隨緣隨風飄轉——

山上的貓來貓去

我從沒見過一隻野貓這般渴望親近人，乍看之下以爲是烏妞，但烏妞已不見好幾年了。記得那時是冬天，大家都看得出烏妞又懷孕了，之後突然好幾天沒見到牠的蹤影。有天清晨常餵食牠的淑芬，夢見烏妞帶著她到屋後看牠剛產下的三隻小貓。當日下午楊中醫就在屋旁一隱密處發現了三隻小貓，但沒見著烏妞。他們餵初生小貓喝牛奶，準備燈泡取暖，但兩老畢竟是新手，沒有母貓照顧的小貓們，終究沒能撐過山上酷寒的冬天。至於烏妞去了哪裡至今是個謎，但我們相信牠決不會拋下剛出生的孩子，牠是我見過最聰明最有責任感的母貓，除了照顧老爺般整天趴在別人家露台曬太陽的伴侶胖黃貓外，烏妞總是先讓孩子吃飽了牠才肯吃。因此大家雖沒說心裡肯定有不好的預感，而從此也沒再見到烏妞了。

兩年前山上出現了另一隻貓，水晶般黃綠色的眼睛，自眼尾直到耳下的黑眼線，頭背是黑、灰、褐的雜紋，眼下、頸、胸腹為白色，還有那如穿白襪子的四隻腳，是一隻漂亮的貓咪。因疫情期間遇見牠，淑芬希望大家都平安，貓咪也平安，於是幫牠取名為安安。每次周末晚上淑芬夫婦前腳剛進門，安安後腳就跟來了，因為他們會幫牠準備貓罐頭，飯後安安喜歡窩在遮雨棚下的紙箱睡覺，直到周日下午大家都回去了牠才會上來我家，家裡只有糙米吐司可供食，牠喜歡跟露台的夜行動物玩耍或掠食。後來淑芬夫婦到山下鄰村成立烘焙坊，鄰居P收養了安安。去年十一月，突然有隻眼熟的貓咪跑來，我一樣烤吐司撕小塊給牠吃，仔細端詳，那醒目如穿白襪的四腳，眼尾直到耳下的黑眼線，這不是安安嗎？原來主人出門兩天，牠跑出來蹓躂，隔了一年多竟還記得我家呢！

今年春天山上出現了另一隻超黏人的黑貓，見了誰就往對方的腳邊磨蹭撒嬌，牠也常來我家蹭飯，初時我也只能給吐司、包子之類，有次我煮了顆蛋給牠，只見牠有如人間美味般三兩口就吃光了。野地生活怕牠身上有跳蚤之類的蟲子，我不讓牠靠近我腳邊，看到牠傾著身子要靠過來時，我就跺腳示警不行，但有時又怕傷了牠的心，便會蹲下來摸摸牠的頭搔搔脖子，可以感受到牠身體一直想往我這邊靠的力道，牠太渴望與人親近了，因此我叫牠小愛。小愛吃完飯總喜歡跑到園子裡，在榆樹旁的乾樹葉堆上午寐，睡得香甜極了。

我終於記得買貓食上山了，卻左等右等不見小愛的蹤影，傍晚時突然聽到怯怯的喵喵聲，抬頭只見一隻黃貓在園子裡。聽姊說過有次小愛來，她準備了食物，卻見牠跑到門口叫喚另一隻黃貓一起來吃。於是我開口問牠：「你的朋友小愛呢？」不意牠一聽到聲音瞬間就跑掉了，我還是起身在盤子裡倒了貓食放在階前地上，喵喵地喚牠，好一會兒才見牠出現，警覺地看著我邊走近餐盤，好幾回只要我一有動作牠就馬上跑走，然後又悄悄地從架高的屋子底下溜出來，爲了讓牠安心吃，我索性入屋隔著玻璃窗觀察牠。如此膽小的貓，我喚牠小朵。

小愛已經有幾周沒出現了，我有點擔心，畢竟野外求生總有潛在的危機。那是個星期一早上，我散步到鄰山的露營區，回程時突然聽到貓叫，聲音好熟悉，我循聲見到了山路邊有點憔悴的小愛，駐足跟牠對望了一會，想牠一定會跟來，遂繼續往前走了幾步轉了個彎，只聽得背後傳來不是喵喵的叫聲而是像從喉嚨發出的低鳴，我往回走看到小愛依舊站在路上沒動，於是我跟牠招了招手，牠才放心地跟過來，不像之前見了人就一廂情願熱情地往你腳邊蹭，而是謹慎地跟著，偶爾會停下來聞聞或嚼嚼路邊的草葉，我開始懷疑牠是小愛嗎？及至看到牠伸懶腰的姿勢才確定真是牠。但才隔幾周怎就像歷盡滄桑似的，或許牠過於對人的熱情與信任反而嚇到了遊客，甚至遭到喝叱或傷害，因此從經驗中慢慢學會了察言觀色收斂自己的本性，不知爲何看牠這樣子更讓我心疼。

鄰山到家屋走路需將近半小時，較前消瘦的小愛途中停下休息了幾次。回到家我趕忙倒了貓食，可能餓壞了牠幾乎吃了一大盤。飽食之後，依然又跑到榆樹下乾草堆午寐，見牠打了個哈欠眼睛漸漸瞇了起來，終於叫都叫不醒地呼呼大睡。午後牠又回到露台上把餐盤裡剩下的貓食吃完，然後攀上種睡蓮的陶甕喝了幾口水，就地躺在露台上怡然地繼續睡。傍晚時我們要回城裡，試著喚醒牠說我們要走囉！但牠仍沉沉地睡著，頭部不覺往上仰，姿態簡直是睡翻了。那是一份安心與幸福感，此情此景我心中浮現了「現世安穩」，或許短暫，等小愛醒來發現周遭已空無一人時，應當會覺得恍然做了一場夢吧！離開時我在餐盤裡放滿了貓食，透過智慧攝影機觀察，小愛醒來並沒有一口氣吃光，牠分三餐吃，直到隔天下午吃完後才離開，繼續牠流浪找野食的生活。

烏妞沉穩負責具警戒心，安安機靈來去自如，小朵敏感膽小，小愛毫無心機天真熱情，或許如人一般，動物也各有其不同的情性吧！而累世的習性亦隨業流轉於六道之中。親愛的T，半天的現世安穩與一輩子的現世安穩，相對無盡長遠的時間來說，或許幾無差異，而我滿心歡喜能有這麼一刻給與的時候。

流連於生活的花香裡

紫藤花期過後，層層疊疊的綠葉便密密覆滿了花架，鄰居請工人爬到架上剪除藤葉，只留下光禿盤錯的木本藤。然山中水氣充沛，夏日陽光熱烈催發，沒多久又是一片盎然青翠蔓延。暮春時費了好大勁移植於園邊的一棵野茉莉，眼看它長出嫩葉展現生機，不意竟被上方掉落的茄苳樹枝給攔腰壓斷，我看著殘存未及膝蓋高的野茉莉樹幹有點絕望，卻沒拔除，心裡應還存著幻想，哪天它會突然醒來帶給我驚喜，雖然希望微乎其微，我仍默默地對它說：「加油！請別放棄。」或許也是對自己說的吧！

我費力地將滑落斜坡巨大的茄苳樹斷枝拉上來，發現枝椏上布滿了已曬乾的褐橘色小果實，茄苳樹雌雄異株，因爲長得太高大了，相處十年竟渾然不覺原來是一棵雌茄苳樹，我挑了幾枝做爲花材備用。山野中枯木斷枝、花花草草都可插花，有時修枝時也忍不住留下那姿態優美的。我常利用周遭隨手可得的素材即興插作，屏除流派及各種形式的拘限，任由個人性情美感與花材的生長秉質，當下彼此對話而完成，彷如創作一首詩般沉浸其中，不覺時間之飛逝。

大學畢業曾有六，七年的時間投入花藝研究工作，那時插花教學，課中還兼講中國插花史，從史料記載約西元五世紀時隨著印度佛教之傳入，中國有了供花開始，一路講到明朝袁宏道的花道著作《瓶史》，而日本之「立花」據史料推測曾受明代堂花之影響，一直到清末民初日本插花傳入而風行本土，繼之另有西洋花藝漸興等。當時長歌華集創辦人有鑑於此，本著發揚傳統文化及創新精神，期望爲中國插花另闢新徑。民國七十五年左右任職於歷史博物館的黃永川先生，曾至長歌華集談及合作一事，唯黃先生走古典文人插花，長歌華集注重藝術性及現代創新，終究沒能走在一起。在出版《格花入門》《中國現代插花藝術》《花道之美》後，我因結婚、育兒、教書，終分身乏術無法繼續花藝之研究，而黃先生所創立的中華花藝因有中華婦女蘭藝社之支持，三十多年來穩定成長逐漸走出了更開闊的路。

中斷多年，如今面對插花已然是繁華落盡，不拘形式器材的直抒胸臆，插花成了生活一部分是再自然不過的事了。從初春到歲暮，寒梅疏影，櫻紅爛縵，茶花雅韻……無一不入缽瓶。或漂流木上的一方野趣，或芋葉下的清麗夏堇，或青楓與野菊之舞等等，皆訴說生活的日常情韻。有時興起在樹林邊乘涼的玻璃圓桌擺上陶瓶，就地取材，一個上午林風清涼蟬聲搖落，那是人與花草與自然，寂靜中美好的交流相契。

親愛的T，自小從鄉下庭院的一方小小花圃開始，我便不自覺迷戀於你衣衫上美麗的花草樹影，於是流連徘徊其間，我的眼睛追尋著你展開的四季芳美風情，因而獲得一種無以言喻的心靈慰藉。從孩提至初老，沙漏如山已漸白首，我開始覺得你流映飄動的衣衫間隱藏著某種深意，欲言又止，我知道一切必須靠我自己慢慢去探索領會。

邂逅蟬羽化

園中種的幾棵芋頭，藉著生於母芋上的子芋、孫芋或走莖頂芽形成的子芋來繁殖，因此歷經一段時日之後，只見它們不斷地拓疆展域，如今風來如荷葉般搖曳，宛然一片小葉海了，而雨來閃耀的水晶珠子在葉面上晶瑩地滾動，又是另一番風景。我看到有幾棵甚至長到石板道對面的排水溝旁，與外觀相似具有毒性的姑婆芋雜生在一起。

傍晚心血來潮，打算清理過多的芋株，順便查看莖下芋頭的成長情形，不知是否品種不同，還是營養不良，一直都只有小拳頭大，爲避免誤食，須先確定它們是芋頭還是姑婆芋，可在葉面上灑水，若水直接滑落卽是姑婆芋，如凝成水滴則是芋頭，而我家芋頭葉片中心還有紫紅點更好認。清除了過於繁密的植株，採了一些芋頭，整個園子看起來清朗許多。

天色漸暗，我轉身無意間瞥見金棗樹葉上有一團橘色的東西，湊近細瞧，它是從一隻蟬殼背部裂開處伸出來的，這才意識到原來是蟬正在脫殼羽化，表面上看似不動其實時時刻刻都在變化中，頭部下兩側雪白染黃的小翅膀末端抹了一層翠綠，只見小翅膀慢慢向上舒展，蟬翼半開之際，這時後仰的蟬頭部慢慢往前起身，抓住舊殼的頭部及殼身，最後將尾部抽出擺脫了舊殼，好讓翅膀能夠盡情開展，於是一雙薄透明美的蟬翼，便在我眼前完整地舒展開來了。

彷彿已耗盡力氣，只見牠靜止攀掛在舊殼上休息。一個多鐘頭之後我再去看牠，依舊沒動，應是在等待翅膀晾乾吧！此時晚風輕輕吹拂，蟲啣四起，空氣中隱約可聞到正在綻放的曇花淡淡清香。蟬終其一生極大部分是在黑暗的地底孤獨地生存，少則三、五年，多則十幾年，這期間牠必須完成四次的蛻殼讓自己更強壯，直到第五次亦卽最後一次，終齡若蟲會在適當時間鑽出地面，通常是在夜間，進行蛻殼羽化，整個過程大約需一、兩個小時，但羽化進行中若受到干擾，便會落殘不能飛行，且無法發聲。當然若受困於殼內無力撐破掙脫，或羽化出畸形不全的蟬翼，甚至遭受其他動物的掠食，皆無法完成牠此生的使命。

我遇見的是一隻熊蟬，需在地底潛伏五年才得以鑽出爬上樹，而我錯過了牠前半段的羽化過程，就在我埋首整理採摘芋頭時，渾然不覺一旁的牠正經歷著生命最重大的考驗，牠必須使盡力氣獨自撐開背殼，伸出頭與身往後仰，我想像著後彎下腰的動作需要有多大的腰力啊！同時還得慢慢伸展出兩側翅翼，之後再靠腰力起身攀住舊殼抽出尾部，始得以全然展開蟬翼。這是最後的考驗，通過者將擁有一雙令人驚豔的美麗翅膀，等待自由地飛上枝頭引吭高歌。隔天一早我掛念著昨日羽化的蟬，前去探看時已不見蹤影，金棗樹葉上只剩下空空的蟬衣（即蟬蛻舊殼），想當然耳牠早已飛入林間，欣然地融入衆蟬鳴唱之列了。

親愛的T，生命各有其不同的生存方式，也是一場各自修行的旅程，對於沒有刺針、尖牙或利爪等保護，不具任何攻擊力的蟬，只能閉關於地底下自我修練蛻長，而歷經重重考驗，爲的是有朝一日能展開那明透光耀的羽翼，飛向綠樹青天，謳歌今朝且衍續明日。親愛的T，有時牠讓我想起那藉著苦修不斷自我提升的苦行僧，有時彷彿覺得我的心裡也住著一隻蟬。

藏在蓓蕾裡的思念

山居日子，大多時間其實喜歡待在屋外露台、園子，或附近山野漫遊，白天真正窩在屋裡相對地少。歲末心血來潮將書房做了一些更動及擺飾，空間清雅了許多，我在書桌前坐下，望著窗外前年買的百鈴花已長得比人還高了，每一分枝葉腋下正結著一個個花蕾，蓄勢待發，似乎正等著即將到來的節慶，好綻放一球球花鈴隨風叮噹。園子邊是兩棵青楓、一棵茄苳、四棵肖楠及一棵台灣楠樹，衛兵似地護在邊坡，從樹幹間望出去，遠處橫著獅頭山和猿山，煙雨前後嵐霧蒸騰時猶如置身仙山中，晴日藍空有大冠鷲嬉遊翱嘯，靜夜裡山與山之間遍布的閃爍燈火，遠眺有如堆撒的珍寶瓔珞。

彷如踩著時間的輪軸，一路輾過春夏秋冬，如是不斷地往復，屈指算來到山村已近十年了，山居生活漸漸只覺得人淡如菊，心素如簡，回首瞬如一夢，這應是我生命中最恬澹閒逸的日子，卻又總是在尋找著什麼？我不斷地與時間對話，記錄穿梭季節的影子，面對莫名的恐懼，開始接納各種生命體的存在，體會到萬物皆有其靈性，凋零與萌長，生與死，緣聚與緣散，無間斷地於日常生活中上演著，早應了然，唯一若仍有所掛念，應是生死未卜的黑貓小愛吧！

好幾次我走在鄰山的小路上尋找呼喚，就像五月某天失蹤一個多月的牠疲憊地站在路旁呼喚我一樣。腦海閃過最後幾次見到牠的情景，那是某個夏日午後小愛從外進來見我在家難掩開心，而我卻只匆忙地倒了貓食給牠，便有事跑到鄰家去了，等回來時見牠神情顯得落寞，盤裡的貓食竟還剩大半。傍晚時姊夫因姊怕貓不讓小愛上露台，正僵持著，小愛看到我有如找到靠山般往我這邊鑽，完全不理會姊夫，那神情竟是帶著有恃無恐的驕傲。又有次我正準備回城裡，小愛見狀跑到門口默默地跟隨，直望著我開車離去，我還跟牠揮手說再見呢！卻沒想到這是最後一次的見面。隔天下午我在攝影機裡看到牠將剩下的貓食吃完，獨自在園子裡走動，還不時轉過頭去望向大門，有時就坐在石板上對著大門安靜地等待著，那背影令人看了著實不捨。

由於那段時間正逢家人滑倒骨折，我大多留在城裡照顧，有一夜心血來潮自手機裡打開攝影機，看到後園台階下有兩點閃光，以爲是螢火蟲但又想早已過了季節了，可能是攝影機紅外線引起對方的注意，只見一隻黑貓上了台階，停在甕旁喝了點水，又在露台上百無聊賴地走動著，我看著牠繞著露台一圈然後消失於攝影機下，直覺牠就是小愛，因為不會有其他貓如此熟悉地徘徊在黑暗無人的屋前，那是七月的最後一天。從此我再也沒見到牠了，而牠轉為我心頭上沉沉的懸念。

當然可以說是我過於自作多情，但我深信人與人，或人與萬物之間的緣分各有深淺，無疑地我們彼此有所牽掛，我寧願相信在日夜的等待下，小愛以為我不會再回去而失望離開了，並非遭遇不測。山居生活讓人坦開心懷捨棄塵累，我的眼睛徘徊四季景色之外，也總流連於動植物身上，它們教導了我也改變我諸多先入為主的觀念。就如此時的山村夜晚，我與園子裡的兩點閃光相互凝望，各自安心互不驚擾，那是隻蹲在草地上悠然嚼食的山羌，我彷彿聽到菩提幼苗正靜靜抽芽長葉。而我將對小愛的思念藏在百鈴花逐日飽滿的花苞裡，期待再一次的春暖花開時節，再見小愛。

後記

初到山村，我是忙碌的，眼耳鼻舌身意，新奇地接收周遭的一切。我忙於當一只放空的容器，因爲空所以能盛放一切，天光雲影、蟲唧鳥鳴、雨霧晴光、繁花香泥……遊走四季的身影，總聽見那一縷縷春霧的呢喃，看見風翻動林樹尋找夏日的歌聲，聞著滿地落葉散發的憶念氣息，感受蕭瑟大地寂靜背後的深意。我踩著四季的輪子，如是來回已有十載了。想起也是忙碌的楊喚，他說：「……我忙於吹響迎春的蘆笛；／我忙於拍發幸福的預報，／我忙於採訪眞理的消息；／我忙於把生命的樹移植於戰鬥的叢林，／我忙於把發酵的血釀成愛的汁液。」或許我們的忙碌中有些是相同的吧！

四月的某個午後，一隻美麗的翠翼鳩撲向玻璃窗，碰一聲跌落窗前，我將牠拾起，撞昏的翠翼鳩安靜地停在我手上，不一會兒牠又用力地往玻璃窗飛去，再次跌落露台上，牠似乎還不明白，牠所迎向的風景是玻璃的鏡像，是虛幻的反光，只有停下來回望才能看到背後的眞實，但虛實之間是如此地相似，牠如何能辨別呢？是的，我們常常理所當然地朝著目標一路往前，從未遲疑前方所追求的眞相。翠翼鳩溫馴地喝了一些水，正當我盛了些小米給牠時，牠看了我一眼，頭也不回地展翅飛走了，這次牠飛向附近的森林，我只能祝福牠，一個美麗的錯誤，卻也是一段無以言喻的邂逅。

園中有棵銀杏樹，去秋金黃的葉子，寫下一生燦美的詩句後，悠悠地飄落，而我靜靜撿起夾入普魯士藍扉頁裡，或可慰藉沉寂空蕩的冬季。今晨當我抬頭仰望時，陽光映照下那一片片青透翠玉般的新葉，像一扇扇展開的翅膀，承載著夢想蓄勢待飛，嶄新的一頁又翻開了。近日老被一些細碎的聲音吵醒，油桐一樹樹一山山的舒展嫩葉，隔著霧紗彷彿正在密議一場春末的盛會；黃梅也抽出了紅褐色新葉與青鮮的花苞，華八仙花如群聚的白蝶棲息在山邊、路旁……世間萬物不斷地睡去，也不斷地醒來——

而這醒睡生死，緣起緣滅，終將雲散無蹤，舟過無痕，只有時間隨身，從出生伊始，一路陪著我們成長，歷經各種喜怒哀樂，直至終點，串起了一生一生的虛線，綿亙流轉從不捨離。時間是旁觀者也是陪伴者，它參與生命，也在生命之外，它是先知默默啟示一切，卻也在個體之中，譜寫生命故事。

非常感謝李瑞騰老師，在非比尋常的忙碌中，仍撥冗爲我寫序。他說：「讀者可能會想探究『T』是誰，我卻視爲作者對自身的呼喚。」在這無限生命續流中，人終將凝睇時間，與之孤獨對話，隨它攀爬一階階虛線，看清一面面鏡像，找到那最終也是最初的發光處。

看世界的方法265

草間傾聽泰戈爾

作者　　　　　棐　川
攝影題字　　　林煜幃
封面設計　　　杜玉佩
版型設計　　　吳佳璘
責任編輯　　　魏于婷、林煜幃

發行人兼社長　許悔之
總編輯　　　　林煜幃
副總編輯　　　施彥如
美術主編　　　吳佳璘
行政專員　　　陳芃妤

藝術總監　　　黃寶萍
策略顧問　　　黃惠美・郭旭原・郭思敏・郭孟君・劉冠吟
顧問　　　　　施昇輝・林志隆・張佳雯
法律顧問　　　國際通商法律事務所／邵瓊慧律師

出版　　　　　有鹿文化事業有限公司
地址　　　　　台北市大安區信義路三段106號10樓之4
電話　　　　　02-2700-8388
傳眞　　　　　02-2700-8178
網址　　　　　http://www.uniqueroute.com
電子信箱　　　service@uniqueroute.com

製版印刷　　　鴻霖傳媒印刷股份有限公司

總經銷　　　　紅螞蟻圖書有限公司
地址　　　　　台北市內湖區舊宗路二段121巷19號
電話　　　　　02-2795-3656
傳眞　　　　　02-2795-4100
網址　　　　　http://www.e-redant.com

ISBN：978-626-7262-86-3
定價：350
初版第一次印行：2024年8月

國家圖書館出版品預行編目(CIP)資料
草間傾聽泰戈爾／棐川著. -- 初版. --
臺北市：有鹿文化事業有限公司, 2024.08
面；　公分. -- (看世界的方法；265)
ISBN 978-626-7262-86-3(平裝)
863.55　　　　113009094